吹上奇譚
第二話　どんぶり

吉本ばなな

幻冬舎文庫

吹上奇譚　第二話　どんぶり

夜が途切れる場所で　皮膚は破けたんだよ
瞳は月の光に焼けて　ビー玉みたいだね
天から水が降ってくれれば　雨とわかるように
PUPA 歌って　あなたを聴きたいの
音のけらい　夜の Flight
PUPA 殺して　命にあいたいの
song can cry
歌がきらい

海と夕日がすることを　あなたは知ってるの
声に絡んだ数字は　透明未満だよ
星が泳ぐのを見れば　夜とわかるように
PUPA 歌って　あなたを知りたいの
音のけらい　夜の Flight

PUPA 殺して　命にあいたいの
song can cry
歌がきらい

PUPA　作詞：マヒトゥ・ザ・ピーポー

「飲食店ってすばらしい仕事である反面、人間の三大欲に関わるから因果なところがある商売だって、うちのおばあちゃんがよく言っていた。その言葉が妙に心に残っていて、ときどきよみがえってくる。おばあちゃんの後姿やエプロンの結び目やきちんと並ぶフライパンのイメージといっしょに、あの暗い表情が。

おばあちゃんがやっていた台湾料理のお店は繁盛していつも混んでいた。それを『にぎやかでいい』という気分で流れに乗って、活気と自分がひとつになれるときはいいんだと。同じものをいくら作っても作っても、いつまでも奥が深くて本当に満足いくものはできない。味がぴしっと決まると『よし！』と誇りに思うと。しかしたまに調子が悪くて調理に疲れ果ててくると、突然そういういちばんよかった面の全てが、地獄のようなくりかえしの悪夢に変わるんだそうだ。食べ物を求めて押し寄せてくる人たち、ランチに行列を作る人たちがまるで餓鬼のように思えてくるって。人々の顔がみなこちらを向いていて、楽しみにされているというよりはむしろ責められているようだ、視線が刺さるみたいで怖いって。まあ、うちのおばあちゃんが職人肌すぎて接客に向いてなかったっていうのもあるんだろうけどね。」

墓守くんはそんな恐ろしい、そしてものすごく腑に落ちることをさらっと、つるつるっと言った。

まるでそうめんを食べるように、滑らかに。

食べるってなんだろうなというようなことをちょうど考えていた私は、はっとしながらそれを聞いていた。

そして「『おばあちゃんが言っていた』って、おまえは仮面ライダーカブトか?」と私は心の中で彼に突っ込んでいた。そう言えば墓守くんはちょっとだけ俳優の水嶋ヒロくんに似ている。だからこのセリフがやたらによく似合っているのか、と私は話の筋と全く違うところで納得した。

……そして、餓鬼について。

自分もそうなるときがあることをすごくよく知っていたので、その話を聞いて少し恥ずかしくなった。お腹が減っていて、お店が混んでいて、出てきた皿ごと食べ物にかぶりつきそうなとき。元素人ボクサーとしては(ボクシングジムで体を動かした帰りに特にそういうふうになった)、むき出しの食欲こそがお店と食べものに対しての美徳だと、いいふうにだけ思っていた。

でもそれが一日中続く店の調理人の気分は確かに、自分を食らおうと押し寄せてくるゾンビを見ている人のようなのだろうと初めて気づいた。この界隈にいる野良屍人を笑っている場合ではなかった。

「墓守くんのおばあちゃんはどこに落としどころを見出したんだろうね。『おいしいものを作って、笑顔で食べてもらうのが生きがいです』と言い続けるのはかなり難しいことだと思う。コダマさんみたいにアイスの出来に命をかけている職人気質の人は、わりとシンプルにそう思えているように感じるけど。」

　私はたずねた。

「コダマさんたちだって、多分そんなに単純な気持ちではないと思うな、うちのおばあちゃんみたいに正直にじゃんじゃん言わないだけで。あの仕事のたいへんなところを探そうと思ったら簡単だろうから。でも余計なことを考えるとアイスの出来に響くからそっちに焦点を持っていって、好きなところを大切にして積み重ねてきたから、だんだん勝手に体が動くようになってきたんじゃないだろうか？　少なくともおばあちゃんはそう言っていたよ。体が勝手に料理をしてくれているうちにどんどん憂さは消えていく、消えない憂さはないって。さっきまで絶対いやだと思っていた、うんと暑い日にクーラーがろくに効かない厨房でする調理でさえ、世界一楽しい良いことをしているかのように思えてくる、体に心が添っていくんだって。きっとコダマさんたちもそういうふうに生きてきたんだと思うよ。

　そして、大事なことは、調子が悪いときに最低限の味と働きをキープしながら、流れに乗れるまでじっと辛抱して、最悪だと思う時間の中にきらっ、きらっと砂金みたいに混じっている、黄鉄鉱に含まれる虹色の光みたいなものを見つけることなんだそうだ。

それさえ見つけ始めたら、またフライパンを、お客さんを好きになれるし顔を上げられるって。

店で流れに乗っているときのおばあちゃんは、全くむだな力が入ってない武道の達人のような動きをしていたし、人に食べさせるのがほんとうに好きだったね。僕、子どもの頃、おかげさまで今よりもそうとう太っていたもの。」

「え？　墓守くん、昔太ってたの？　なんだかウケるな〜。」

私は笑った。墓守くんもにこにこ笑っていた。

仲良くなった人の過去の姿がだんだんリアルにわかってくるのは、パズルのピースがはまるようで嬉しい。

私は続けた。

「素直に生きることほど、難しいことはない。剣の達人になるくらいに実はむつかしいことだよね。」

墓守くんは答えた。

「他人を見たらすぐに反射的に笑顔になってしまうくらいに接客用の笑顔がこびりついて

いたおばあちゃんは、人生に素直さを保ったとは言いがたい人だったかもしれない。そういう時代でもあったんだろうと思う。飲食店での外食の黎明期で、新しくできた商売で、国内にはない珍しい料理の技があって。

　そんなおばあちゃんの日々の深い内気な態度と思索に守られて、母のほうは同じような仕事をしていても、生涯無邪気でいられた。

　おいしいものを作って、それを人が喜んで待っていてくれるのが好きと言っていた。きっとおばあちゃんに守られて心のバランスがよかったんだろうと思う。

　でも母の作る料理はやっぱり生涯おばあちゃんの料理の味を超えることはなかったし、母は人格的におばあちゃんほどの底知れない深みを持つこともなかった。おばあちゃんの苦悩と喜びはおばあちゃんの妥協ない己との戦いによって、ひとり深められていったんだ。

　おばあちゃんの時代には、人々はほんとうに飢えていたし、次々に何か目新しいものをお腹に入れたがっていたから……作る側が受け止めるものの重みも違ったんだと思うんだ。」

　会話の流れの中でふと私が思いつきで気まぐれな発言をして、なぜ彼に完璧にその意味が通じるのか。なんで今会話のラリーができたんだろう？　と不思議に思うことが度々ある。私たちの会話はいつもそうだった。会話が途切れても全く不安にならず、私たちはまた黙ってそれぞれの考えの中に沈んでいった。時間が経ってから同じテーマについて気まぐれに発言してもちゃんと通じる。ほんとうに得難い友だった。私は墓守くんを愛していた。日に日に深く深く。

*

私がその話を聞きながらぼんやりと考えていたのは最近の母のことだった。

こういうふうに同じようなものごとが重なるときには、必ずなにか学ぶべきできごとがあるので、起こることのなにもかもを吸収しておかなくてはと思う。いつどの段階でなにが活きるかわからないからだ。

そして癒しには必ず反作用がある。いいだけのことなんてこの世の摂理から言ってあるはずがない。そこを理解してこそ、なにかを極められる。

最近の母は、なにかにとりつかれたかのように毎日なんらかの丼ものを作っていた。

母にとって大きなきっかけとなるできごとがあったからだ。

それは眠り病から人生に復帰してわりとすぐ、私とこだちが東京に行き、住んでいた部屋の整理をしていたときのことだった。

まだ体調が優れないままごろごろしていた母は「なにか食べたいものはない？」と雅美さんに聞かれ、なにも言わないのも悪いかなと気をつかって、「親子丼かな」と、少し前にTVで見たものをなんとなく答えたそうだ。

そのひとことが母の運命を変えた。

まだあまりしっかり食べられない母のために、雅美さんは小さなかわいいふたつきの塗りの器で親子丼を作ってくれた。雅美さんが新婚旅行で行った長野で買ってきて大切にしていたものだったそうだ。

まるでおひなさまにあげる食事のようにかわいかったと母は言っていた。

ふわふわの卵の中に、柔らかい鶏肉が入っていて、お米もおいしく炊かれていた。それは雅美さんがお昼の残りのだしとごはんと地元の農園の卵でささっと作ったもので、特別な材料も手間もかけていなかったのだが、それを食べた母が「もう一回この世に参加できてほんとうによかった」と初めて実感し、泣けるくらいのおいしさだったのだそうだ。

雅美さんに作りかたを教わって、母は最初、親子丼ばかり作っていた。私もこだちも、もう見ただけでオエっとなるほど親子丼を食べた。

あまりに続いたので、何回かはこだちとうさを晴らすために街中まで出ていって、居酒屋でつまみを食べ直したくらいだった。

しかし、そのかいあって母の親子丼はどんどん上達し、生のところは少しもないのに固いところがない卵のとろっとした感じなんて、まるでプロが作った親子丼みたいだった。初めのうちは卵が半生だったり、鶏肉が煮えすぎて固かったりして散々だったのだ。

「どんぶりって全てを包みこむ感じがするし、なんでも載せられるし、バリエーションもあるし、別皿で出すよりもどこかお弁当っぽくて楽しいし、庶民的な温かみがあるじゃない？私、あの頃まだうまく胃と食欲と手足がリンクしなくて、お皿のおかずとごはんをうまく組み合わせて食べることができなかったの。ごはんが大量に残ってしまって気持ちが暗くなったり。しょっぱいおかずがどうにも受け入れられなくて一口で残してしまったり、食べ物と体をうまくなじませることができなかった。

でもあの小さなどんぶりは違った。木のスプーンで少しずつ食べたら、じわじわっと力が湧いてきたのがわかった。全てが一体になって思いやりもこもっていて、自分のパワーが増していくこともはっきりとわかった。私もまだまだあの日の雅美ちゃんの作った親子丼の域には達してないわ。」

うっとりとそう言う母を見て「人ってなにで眼が覚めるのか読めないな、だから意図して他の人がなにかをしてあげたから、人が幸せになるっていうことは、ほんとうにないんだよなあ」と私はしみじみ思った。直感と偶然の中だけに流れがあり、未来が生まれる。そしてそれに至る道には、本人がどんなに力んでいても不器用でも人生の妙なる味がある。

私やこだちが東京から母のために買って帰っていたおいしいお菓子は、もちろん母を慰めはしたのだから決して意味がないわけではなかった。しかしまさか彼女が「どんぶり」で人生にもう一度目覚めるとは思いつきもしなかった。

なかなか戻ってこなかった母の食欲が、その日、親子丼というきっかけを得て急に復活したのだ。

それは別にカヌレであっても、ステーキであっても、もつ鍋であってもおかしくはなかったのだが、運命の采配で母の人生にはどんぶりが登場した。

そんなわけで、新しい家のぴかぴかのキッチンから毎日地味な見た目で登場するいろいろな種類の丼ものを、私とこだちと勇はまだまだ毎日のように試食させられていた。

勇はヴェジタリアンだから親子丼やかつ丼や牛丼の日は「卵だけ丼」「衣だけ丼」や「ねぎだけ丼」を食べていたのだが、それでも満足そうだった。彼も最愛のお手伝いさんが亡くなってからのひとり暮らしで、家庭料理に飢えていたのだろう。

彼は肉以外はなんでも食べるので、いわしの蒲焼丼やえび天丼のときはものすごく喜んで食べた。そしてたれのついたごはんだけお代わりしたいと言っては、いつも母に「バランスが悪い」と怒られていた。

美しい母に怒られると、勇は私の想像通りものすごく嬉しそうだった。

毎日実験台という名目で食卓を囲むことで、私たちが急激にほんものの家族になっていったのも、決して偶然ではない運命の采配だろうと思う。

もしも「ごはんを食べに来たら？」程度の誘いだったら、こだちはすんなり来ると思うが、引きこもりが長かった勇は「どうぞご家族だけで過ごされてください」と固辞しただろう。

しかし母の情熱は「なんでもいいからゴタゴタ言わずにひとりでも多く来なさい！」くらい強いものだったので、彼も手伝う気持ちで来ることができたのだ。

図体が大きい割にはあまり食べないのも勇のかわいいところだった。彼の口ひげのまわりについたごはん粒をいつもこだちがぬぐってあげていたのもかわいらしかった。

昨日はキャビア丼だったのだが、素材が高かったからということでさすがに丼のサイズは小さかった。母もいろいろ試行錯誤しているのだろう。

母の情熱がいったいどこに向かっているのか、今のところ私には全くわからなかった。

ただ、今は自分を目覚めさせたのと同等の丼ものを作ることが自分の人生だと母はとらえていた。

「その先のことは、今の行動がいつのまにか決めてくれるから。行動あるのみ。」

母は言った。食べるということ、作るということが母を真の意味でよみがえらせ、何年間も口からものを食べていなかった母の体をじわじわと復活させた。

＊

昔、東京にいた頃、ダイエット中のこだちがよくこう言っていた。

「いいもん、食べたってどうせ明日には出ていっちゃうものなんだから。それにその出ていくものを作るだけだと思ったら、食べたってしょうがないもん！」

彼女は座って縫い物をする仕事が多かったから、ちょっとおやつを食べすぎるとすぐにむちっと太ってくる。

「そんなこと言ってないで体を動かしなよ。」

と言って、私は目の前で堂々とカロリーの高いカレーパンなどを食べていたものだった。

あの当時、東京の私たちのアパートのすぐそばにあり、よく食べていたカレーパンの店ももう今はなくなってしまった。

その味だけが舌に残っている。正直言ってそんなにおいしかったわけではない。ただ、思いの外辛いカレーと揚げたパンの組み合わせが、小腹が減ったときのおやつとしてバランスが良かったのだ。

思い出と重なっているので、今となっては唯一無二の味に格上げされてしまっている。そう、そして私たちはもう二度と狭いアパートの部屋でいっしょに暮らさないだろうと思う。

あのカレーパンをめぐってこだちのそんなイヤミを聞くことだって、一生ないのだ。思い出してはそんなに切ない気分になるくらい楽しかったのに、懐かしさにひたるよりも、私は今が好きだ。

今の光のほうが強い。今の目の前のほうが鮮やかだ。今の風のほうが生々しくほほをなぶる。

単にそれだけの単純な理由で。

そんな感じでいいのだ。

*

比較的温暖なこの地では冬に雪がほとんど降らない。

それでも毎日海から吹いてくる、全ての力を削がれるようなひんやりした空気や強い風は、心を沈ませた。

毎日のようにそれに静かにさらされた長い冬が終わり、やっと訪れた春の柔らかい光がぼんやりとそして豊かにあたりを包んでいた。

柔らかくいろんなものを霞ませる春独特の寝ぼけたような光。

様々な植物が芽吹き、蛍光色の葉があちこちの枝の先で生まれている。そこだけ全然違う色で生まれたての芋虫のように半透明に透けていて、目にまぶしい感じがする。

冬にはくっきりと見えていた長い長い海岸線も、同じように柔らかな光でぼやけていた。

冬の間は階下の部屋を整理しながら室内で暮らしていた墓守くんも、屋上で寝泊まりすることが少しずつ多くなってくる季節だった。

墓守くんの家の屋上リビング、墓守ビング（私が勝手にそう呼んでいる）からは、はるかに続く海と山の景色のあちこちに菜の花の群生の黄色がよく見えた。

まるで筆でポンポンと真っ黄色の絵の具を空から置いたみたいな、鮮やかで優しい黄色だった。彼が作る花束にも必然的に菜の花が多くなる季節だ。

菜の花と言えばすぐおひたしを想像してしまう食いしん坊の私と違って、墓守くんの手にかかると菜の花の黄色はまるで光沢があるデリケートなシルクの生地みたいに見えた。花びらも落ちにくい。不思議なことだった。

最近私はたまにそんなふうにそこで彼の花束作りのアシスタントをしていた。私がひまなとき、「どこにいる?」とメッセージを送り、「墓にいる」と言われれば墓掃除の手伝いを、「屋上にいる」と言われたら花束の手伝いを、という具合だった。

プランターで育てている花や草を洗ったり、ないものは買ってきたり、山や海辺や森から取ってきたり、水揚げをしたり、並べたり。

でも最後に花束にするところの色彩センスは彼だけのものだ。彼にしかその花束個々の正解のようなものはわからない。いや、彼にもわからないのかもしれない。彫刻家が石に人の姿を見るように、花が彼に花束全体のバランスを教えてくれるのだろう。

彼は言った。

「僕はときどき、真夜中に墓地のことを考え、それが止まらなくなってしまう。そんなとき、おばあちゃんの言葉をよく思い出す。なんでそんなふうになるのか、それが仕事だからだ。仕事の闇の面がそれなんだって。

だれもいない、真っ暗な世界に並んでいる墓石のことをひたすら考える。彼らは別に淋しくもなければ生きてもいない。だから心配する必要はない。それでもまるで取り憑かれたように、夜のあの空間のことをじっと考えていることがあるんだ。そしてその墓石の間を通り抜ける様々な目に見えない存在についても思う。夜中はきっと彼らの天下なのだろう。それからもしかしたら、あの、昔から現代までただひたすらに死んだままで動いている屍人たちも夜中にはごそごそと出てきて自由に歩いているのかもしれない。深夜に、まるで誘われるようにふらふらとあの場所に行きたくなる。僕が昼間のあいだずっと、枯れた花を取り除いたり、お供えものをほどよいときに片づけたりしている、僕の今の職場であるあの場所のことを思う。

僕がいかに整えようと夜の力には決して敵わない。そのことがわかっているからこそ、だれもいない夜の墓の世界を見てみたくなるんだ。

でもたまに耐えきれなくなり、ついついだれもいない墓地を深夜にうろうろ散歩してしまう。別になにも怖いものは見ないし、いつもいる場所だからなじみがあるし、棒を持っているから屍人も怖くない。

ただ、今のこの場所は僕の場所ではないんだと思うと、ひたすらにその虚しさに圧倒されて、自分の無力さに少し傷つくような感じになる。異様に謙虚な気持ちになるんだ。僕は人間で、人間の『分』を生きているだけだ。そして多分自分の心を整えるために、また、お墓参りをする人間たちのために、この仕事をしている。

しかしそんなことがちっぽけなことに思えるほど、夜の世界は広大でその力は強い。たまに忍び込んでいちゃついてるカップルなどを見ると、生き生きとしてかわいいなと思えてしまうくらいに。

僕の心の片足はすでに棺桶に入っている。たとえ生活を楽しく営んでいても、いつだって心の半分は夜中の墓の中にいる。すでに何かが少しおかしくなっているんだ。

そして僕は初めて、おばあちゃんの言ったことを理解したんだ。

子どもの頃は『おばあちゃん、お客さんに向かってなんてこと思うんだ。そんなこと言わないで笑顔のあったかいおばあちゃんでいてほしい』と身勝手にも思っていたのだが、仕事にはいい面と、それにまつわる悪い面がいずれもあり、それらは分かちがたくちゃんとセットになっていて、それで初めて存在しているんだということを、生活の中で闇に飲まれないためには決して忘れてはいけないんだ。

僕はおばあちゃんが母の心を守ったように、自分で自分の心を守らなくてはいけない。墓にまつわる仕事にはどこかそういう蠱惑的《こわくてき》なところと、自分を破壊しかねないくらい広大な無意識の闇に接するなにかがあるから。」

＊

花束について、忘れられない話を墓守くんから聞いたことがある。墓守くんにお供えの花を作ってほしいとわざわざ彼を訪ねて頼んできたおばあさんがいたので、墓守くんは喜んで引き受けた。

東京で就職した若い男の子の孫が自ら命を絶ったという。おばあさんの家にはお仏壇がないから写真を飾っているけれど、どうも淋しげに見えてしかたがないから、そこに花が欲しいということだった。

「僕、だいたい週一くらいで、もういらないというところをお互いが感じるまで、お花をお持ちしますよ。」

墓守くんは言った。遠いところにいるおばあちゃんが花を捧げる、そういう気持ちこそが弔いの心だと彼は伝えた。そんなにお金がないので一度きりでいいというおばあさんに墓守くんは、投げ銭程度でいいと答えた。

おばあさんはさいふから一万円を出した。少ない年金から削りだしたお金だった。そして墓守くんはその孫の写真を見せてもらった。学生服を着た少し古い写真だった。

はじめに花束を作ったとき、なんだかおかしいなと墓守くんは思った。なぜかとても情熱的で女性らしい花束ができてしまう。すずらん、フリージア、真っ赤なエキナセア。彼はこういう感じの女性と恋愛をしてふられたのだろうか？　と墓守くんは思った。

　できてしまうものは仕方がないと墓守くんはおばあさんのところに、そんな鮮やかで女性的な花束を持って行き続けた。お孫さんの一周忌が過ぎて、ふたりは話し合った。

「花束が来るのが楽しみになってしまった。それになんとなくまだ孫はお花を欲している気がする。毎週でなくてもいい、思いついたときにこれからも作ってくれない？　追加のお支払いをしますから。」

　と言うおばあさんに、墓守くんは、

「義務になってしまうのは嫌なので、思いついたときいつでもお持ちします。お金はいりません。」

　と言った。

　そしてそれからもたまに花束を持っていくようになった。

　ダリア、彼岸花、デイジー。

　おかしいなと墓守くんは思った。やっぱり美人のお嬢さんに作るような花束なんだよなと。

半年も経ったころ、花束を届けにいったときに墓守くんは初めておばあさんにお茶に呼ばれ、彼は聞いた。

孫は女装が好きで、部屋からはきれいなドレスがたくさん出てきたこと。歳上の男性とつきあっていたこと。おばあさんの息子である厳格な父親にそのことがわかって勘当され、家を出てから数年後に亡くなったこと。

「いったん深く心の海に静かに沈みこんでから、自分の好みを捨てて作りさえすれば、花束は決して嘘をつかないんだ。」

それが墓守くんの口ぐせだった。

そのようすを時間をかけてずっと見ていた私は、深く長くうなずいた。

＊

墓守くんが職業病について話していたそのとき、自分についても考えてみた。

住むところには満足していて、家賃は限りなくゼロに近い。だが収入はほとんどないという今の状態は一見果てしなく自由だが、ひとつ気持ちの持ち方を間違えると幽閉生活みたいな感覚になりかねない。

なので体を動かし、あちこちで絶え間なく手伝いごとをして自分を保っていた。

味にうるさいわりには、がさつな私にはアイス作りのセンスが全く欠けている。もしもっと手伝うことになれば、力がいる作業なのでアイス職人さんはどうしても雇わなくてはいけないかもしれないが、味はあのアイスを知り抜き正確につかんでいる私が見るべきだろう。なので、遠い将来コダマさんのアイスクリーム屋をなんらかの形で継ぐことがあるかもしれないと思っていた。

「コダマさんの代で終わらせるわけにはいかない」、今のところそれだけが私の気持ちであり、店の経営にどのくらいコミットするかはまだ考えていなかった。

私はできれば細々とでも書き物がしていたいのであって、アイスを作ることに人生を賭けていけない。それがわかっているからこそ、バランスを考える必要があった。

幸い私はまだ若く、コダマさんたちはまだまだ現役で、時代が進んで機械や材料の取り寄せが楽になっているので、未来は逆に読めず、時間はたくさんあった。

私もまだなにも決められないので、決まった時間に決まったことをする手伝い方は決してしないようにしていた。墓守くんのところと同じように、一日一回数時間くらい顔を出して、雑用をする。その姿勢を示すことで私の気持ちや立場をコダマさんたちはよく理解してくれていたし、きちんと時給日払いで対応してくれていた。

この街でコダマさんのドリームアイスクリームは、憩いとしてもちょっとした手みやげとしても安定した人気を保っていた。

外の世界から（主に駅前の商店街のしょっちゅう入れ替えが起きやすい店舗に）タピオカが来ようが、かき氷が来ようが、イタリアンジェラートが来ようが関係なく地道に売れていた。地方からの取り寄せやネット販売にはまだ対応していなかったが、そういう需要も将来出てくるだろう。今より簡単にそれに対応できる時代になる可能性も高い。そのときには私が手伝えることがたくさんある。そんな未来も考えることができた。

墓守くんのおばあちゃんの仕事に関する発言には、あらゆる意味で客商売に関わるか否かの瀬戸際にある私の、無意識の世界にとってたいへんに参考になるなにかがあった。

母は丼ものをどこまで極めていくつもりなのだろう。職業にすることまで考えているのだろうか？　そうしたら私たちの生活から何が失われるのだろう？

私はこだちの無邪気さを守るために、あのとき自分の気持ちに深く向き合った。あのつらかった日々のようなことをまたいつか私は何かに関してするのだろうか。

母が本気で店をやりたいと言い出したら、私も本気で手伝うようになるのだろうか。

それとも自分の中の季節の果物やアイスが好きというかわいい気持ちだけを守り抜くのか。

どっちでもいいと今は思えた。未来は無限だから。そのときの自分がちゃんと考えてくれるだろう。私にできることは、その日まで判断を信頼できるであろう自分を育てることだけだ。

今はこの春の柔らかなヴェールを眺めて楽しんでいよう、そう思った。

*

そんなことを考えている間にも墓守ビングでの会話は続いていたので、私はまた今の時間に引き戻された。

「僕も小さい頃手伝いでどんなにちまきや水餃子を作らされたか。今でも作るのは人よりうまいよ。今度食べにおいでよ。」

墓守くんは言った。

「ありがとう、すごくおいしそうで楽しみ。それにきっとこの街で育った人みんなにとって、懐かしい味なんでしょうね。そうだ、うちに出張で来てくれてもいいよ。どうせならみんなで習いたいな。ママも喜ぶと思う。うんと長く生きているからか、もともとの性格なのか、うちのママの行動って突拍子もないわりにはテンポがおっとりしていて、全く目標を持たないんだけれど、いつのまにか何かにつながっていく。それがすばらしいところだと思うんだ。私はつい頭でどうなっていくかを考えてしまうのでね。」

　私は言った。

「ママは、毎日作ってる丼ものを今のところはとにかく病院に持ち込みたいって言ってせっせと運んでいる。長くお世話になった病院に感謝を返したいんだって。で、差し入れという形でたまに持っていってるんだけれど、今の時代は規約がいろいろあってその行動もひっかかるすれすれだから、あまり歓迎されないらしい。だから密かにメールで仲のいい看護師さんと個人的にやりとりをして、病院の庭でまるで麻薬の受け渡しみたいにこっそり渡してる。おいしいからかなり好評で、注文が増えてきただけではなくて投げ銭形式でお金をくれるようになったって。だいたいひとり五百円で全然利益は出ていないんだけれど、かまわないのよってさ。

　それがさ、ママらしいんだけれど、ないしょだからって気分出してトレンチコートにサングラスとか、目深にかぶった帽子とか、変なかっこうで待ってるわけ。トートバッグにいっぱいの丼もの弁当をつめてぶらさげて。でもママはあの病院では表に出してはいけない、扱いの全てが腫れ物に触るような治り方をした患者さんだから、そしていた時間が長かったから、ひそかに有名人なんだよね。だからそんなに変装していても働いている人がそうじのおじさんに到るまで、『コダマさん、ずいぶん回復されたんですね』とか『お元気そうでなにより』とか声をかけてんの。で、ママはあいまいな笑顔で頭を下げてる。送っていった私はそれを見て車の中でゲラゲラ笑っているの。ほんとうに傑作。」

私は笑った。

墓守くんは笑いながら言った。

「そのくらいがいちばんいいのかも。仕事になっちゃうと問題も多そうだし。だってあの、まるでお祈りしてるような真剣な作りかた、すごいもんな。いい材料で、心をこめてね。だから人気は出ると思うけど、お見舞いの人とか患者さんを含めて百人前とかになると別だからなあ。小さい街だからすぐにそうなってしまうんだよ。そしたら君もいつのまにかお弁当屋さんの一員になってしまうけど、向いてないよね〜。」

「それはちょっと困るな。私は料理が全然好きじゃないから。今も送迎はしてるし、配達くらいならうきうきやるけど。」

私は言った。

「うん、なんかそれ以上になることを想像すると、どうにもピンとこないんだよなあ。お母さんも君も飲食店向きではないような気がするから。君たちってもう少し気ままで気まぐれだし、その気ままを支えられるような生活力が今はしっかりとあるから。」

墓守くんは私の言ったことをいつも真剣に考えて答えてくれる。力みはなく、さらっと答えが返ってくる。

彼は決して人の言うことを受け流したりしない。いつもてきとうに右から左に流しあって話している私とこだちとは訳が違う。

こだちなんてこの間私が、

「ああ、米を食べすぎた。昨日体重測ったら三十キロ増えてたよ。」

と冗談で言ったら、へえ〜、そうなんだと雑誌を見ながら返事してきて私はムッとした。

こだちがあちらの世界から生きて帰ってきてくれたときにはなんでも許すと思っていたのに、ムッとできるなんて、つまりは今の私が幸せなのだ。

「こだちがこだちらしく生きていてよかった」とムッとした数秒後にはもう思った。昔ならただムッとしただけだから、今のほうがいっそう幸せということなのだ。

そして、そんな聞き流しが決してない墓守くんに対しては、しっかり話しかけようとこちらの姿勢も自ずと変わってくる。

こうして彼の人生がこつこつと作られてきたのだろうということがわかる。

「ある程度なら手伝いたい。私が運転したり、配達したりするのくらいはかまわない。屋台風にパラソル立てたり。あ、それは力持ちのこだちがやればいいか。お互いが生きてるからこそ手伝えるわけで、まあいいかなと思う。流れに身をまかせて、流れに決めてもらう。」

まだ先が見えないこの段階でぐっと思いつめるとろくなことにならないというのを私は肌で知っていた。力みが自然な流れを損なうのである。

大きなカップの中で、すっかり冷めていても香りが消えない墓守くん特製の紅茶を飲みながら、私は花を水に放っていた。

水につけすぎてもだめ、くぐらせるだけでもだめ。

日によってそして花によってその時間は違う。

しかし例えば「百合は五秒、すみれは三秒」などのように厳密すぎるものでもない。メモを取ってもむだ。てきとうでいいのだが、その日そのときの様子をよく見極めなくてはならない。そのあとの水切りも重要だ。

この作業は「お花屋さんごっこ」というのに限りなく近いのだが、墓守くんにとっては花束は日々消えていくアートだ。

消えていくからこそできることとも言える。

人生の全てのことにそれは似ている。

それは彼にとって「決して変わらない墓場というもの」、死者を相手にした見えない永遠の仕事と対になっている「変化するものを見る」という願望なのだ。双方が補い合って初めていい仕事ができるもの。

もしかしたら目的を持たない母のどんぶり修行も、深いところで彼の生き方に触発されて生まれたものかもしれない。誰かが静かにすべきことをもくもくと深めていると、自然に周りも変わっていくものなのだ。

＊

そのとき突然、足もとの方からごそごそと大きな音が聞こえてきた。

私は自分の頭がおかしくなったのかと思った。

思わずあたりを見回したりしたが、なんということはない、テントの中に実は人がいたのに気づかなかっただけだったのだ。

習慣とは恐ろしいものだ、墓守くんが目の前にいるのだから、もうここには他にだれもいないと思い込んでいた。

墓守くんのテントの中からは、前髪が顔の前でぼさぼさで幽霊のようになっている、異様に白くて少女のように細い女性が這い出してきた。

「あなたとは会ってもよいと、さっきから話を聞いていて思った。」

とその人は言った。

しかし、それは厳密に表現するなら「言った」のではなかった。

私は目の錯覚かと思って、ベタな動きとして目をごしごしこすってみた。人間って信じられないものを見るとほんとうに目をこするんだなと思いながら。

でも目の錯覚ではなかった。

彼女の言葉は、ちょうどこんぺいとうくらいの大きさの小さな丸っこい文字として、口からぽろぽろこぼれてくるのだ。そして雪の結晶のようにふわっと消える。実際に声は出ていない。そしてなんの音もしない。アニメだったらきっとチョロン、ポロロン、みたいな音が出るのだろうに。

ライターのバイトを長年していた私は、

「良いは漢字ではなくてひらがなに開くのか」と彼女の胸元に消えていく字を見ながら思った。

それどころではないのはわかっていたのだが、私の心が逃避したかったのだろう。

「様子を見て驚いているんだけど、君には見えるの？　彼女の言葉が。ほんとうに？」

墓守くんは目と口を大きく開けて私を見た。

「文房具屋で売ってる立体ぷっくり文字シールみたいな、プラスチックの絵文字みたいなものが、口からこぼれ出てる。そして不思議なことにそれがうまく読めるんだ。」

私は墓守くんの目を見つめて冷静に言った。

墓守くんはうなずいて言った。

「僕以外の人にはこれまでずっとこの小さい字が見えなかったそうなんだ。口をぱくぱくさせているだけと思われていたんだって。見えるというそれだけでもう彼女にぎゅっとつかまれてしまって、逃げられなくなってしまったところもあって。」

「彼女が引きこもっているから、会っている人の絶対数が足りないだけなのでは？」

私は言った。

それを聞いた件の彼女は、声を出さずにおなかを抱えてげらげら笑った。

「墓守くんの恋人は本格的な引きこもりで、このビルの一階にある部屋からほとんど出ない」という話だけは聞いていた。

しかし知り合ってずいぶん経つのに全く姿を見かけなかったので、もしかしたら実在しないのではとさえ思っていた人だったから、私はすごくびっくりした。それから感心した。やはり墓守くんはどんなことに関しても嘘をつくような人ではなかったのだと。

「えーと、こちらは美鈴です。彼女は僕の長年の恋人です。もう十年以上いっしょにいます。このビルの一階に住んでいます。」

墓守くんはいつになくちょっと動揺して目を泳がせてそう言ったが、お、面白い、動揺してるぞ、と私がじっと彼を見ている間に、みるみるうちにもうふだんの冷静な彼に戻っていった。

その変貌のスピードはまるで牡丹《ぼたん》の開花の瞬間を早送りで見ているくらいの速さで、私はすっかり感心してしまい、彼はやはり人生の達人だと改めて思った。

彼は「動揺してもしかたない」と思ったその心のスピードのままに、きっちりと落ち着いてみせたのだった。

「初めまして。コダマミミといいます。墓守くんの花束作りの弟子です。」

私はちょっと照れていたけれど、それ以上にびっくりしていたのでかえって淡々とそう言った。

「はじめまして。」

美鈴は言った（正確には字がぽろぽろと口から出ては、まるで真冬に雪の結晶が黒いコートに落ちて消えるみたいに消えていくのだが、いちいち書くのがたいへんなので『言った』と書くことにする）。

あんな変な母親や妹や義理の弟がいたら、人はどんなこともすぐに受け入れられるようになるのだろう。それでも私はその文字がはかなく消えていく様をじいっと見ずにはいられなかった。

「わしもたまには陽に当たりたくて、カビちまうからな。」

彼女は言った。

「わし？」

とだけ、私は言った。わしという字が彼女に似合わないまま空気の中に溶けていった。

これにいちばん似ているものはなにかな、と考えてピンときた。

ホドロフスキーの自伝映画に出てくる「ミュージカルでもないのに全てのセリフを歌うお母さん」だ。きっと彼のお母さんは歌うように話す人だったのだろうと、私は見ていて思ったものだ。あんなふうに、文字がテンポよくリズミカルにこぼれてくる。

それにしてもさすがは墓守くん、お目が高い。

ぼさぼさの髪の毛で顔が隠れていてあまりよく見えなかったけれど、それでも彼女がきれいな人だということはわかった。細くて、筋ばっていて、お尻も胸もあんまりないけれど決して不健康な感じではない。はっきりとした彫りの深い顔立ちをしていた。強いて芸能人で似ている人を探すと、牧瀬里穂みたいな感じ。

テントの床で寝ていたせいでその白いほっぺたには毛布の跡がくっきりとついていたけ

れど、空を飛ぶ鳥も落ちてきそうな鋭い光を持つ大きな美しい目をしていた。上にも下にもまつ毛がびっちりと生えていて、日本人とは思えないくらい。

それからそのさわやかな小さな唇。こんな完璧な口元を私は見たことがない。文字がこぼれでてくるのにふさわしい、おしゃべりやばか食いに費やされることは決してない、そんな唇だった。

「わしを食べようとする派手な見た目の女がこちらにやってくる怖い夢を見て、起きたらここに人がいたから、あなたがそれなのかと最初は思ったんだ。でも違う。あなたはとても幸せな、いい人だ。うわあ、テントから出ると太陽がまぶしいね。今、本気で寝てた。全く気配なかっただろう？」

彼女は次々に言葉を発した。

思考のスピードで脈絡なく言葉が出てしまうのは、長い時間人と話さずにいた人の特徴だ、と私は思った。退院してきたばかりの母が、ちょうどこんな感じだった。

そしてその口の動きにともなってこんぺいとうみたいに字がどんどん出てくる。確かに「見えない」人から見たら、口だけ動かして声が出ていない人に見えるだろう。

「私はコダマミミといいます。すごく変わった人だと聞いていたけれど、正直、予想以上でした。会ってくれてありがとう。」

私は言った。間合いから見て、今はこれ以上何も深めない方がいいなと感じながら。

「社交辞令も自己紹介もいらない」彼女の目がそれを語っていた。そのサインに相手が気づくかどうかがこれからの関係性の上でとても大切なのだと。

どうせこれからも滅多に会わない人なんだろうから、別にそれをくんであげて実行する必要はなかった。でも、相手が真剣勝負で生きている様に気づかないふりをするのは好きなことではなかった。

だから、それだけのことを言って私は黙った。

彼女も黙って春の華やかな景色を眺めていた。そして言った。

「しょうちゃん、お茶ある？」

そういえば、墓守くんの本名は正一というのだった。新鮮な感じがしたしこそばゆかった。ミーハーな気持ちでこの面白いカップルのことをずっと見ていたかった。ここのうちの子どもに生まれたら一生退屈しないだろうなとうらやましく思った。

しょうちゃんという言葉も、お茶という言葉も、そうして文字になるととてもきれいなものに思えた。そして淡く光って消えていく。全てがほんとうはそうなのだ。私たちが言葉をただたれ流すようになってしまっただけで、ほんとうはみんなきっとこんなふうなんだ。

言葉って、歌だし、すぐ消えていく夢なんだ。

なんていいことを知ったんだろうと私はうっとりした。

「ああ、常温のならそこにあるよ。」

墓守くんは水の中で冷ましていたガラスポットを指差した。テントの中に戻ってカップを持ってくると、彼女はそこにお茶を注いで心からおいしそうな顔をして一口飲んだ。

「この様子を見て、落ち着いている君のほうが変わってると思う。」

墓守くんは私を見て言った。

「いや、すごく思ってるよ。顔に出てないだけで。変わってるを超えてオカルトかファンタジーだよって。私もとうとう変な領域まで来ちゃったなって。」

私は言った。

引きこもりというから、あの占い師の姉妹のような毎日を送っている人だと勝手に思っていたけれど、彼女は生活をしっかりと生きている人に見えた。あまりにも生き生きと、全ての瞬間をそのお茶のように味わって。

「ここまで来るのはとにかく大変だったんだ。」

彼女は言った。

「言ってることをわかってくれるのも、これまではしょうちゃんだけだったし。」

その言葉が文字通りの意味であることを、しみじみと深く感じた。まっすぐな長くて多い髪が彼女の顔の周りで風になびいていた。きっとこの人はこのままの姿で白髪になって、しわができるだけで、歳をとっていくのだろう。そこに漂う安心感と安定感は強固なものだった。岩のような、山のような。

仙人のようなカップルだ……と私は感心していた。

神社や教会でどれほどの誓いをたてた人たちよりも神聖な軸で成り立っている。

「下の部屋に白ペンキを塗って乾かしているので、匂いがすごくて。ここに避難している。」

彼女は言った。そして、続けた。

「いやなことが起きるのは避けられない。しかし大難を小難にすることはできる。だからきっと神さまの導きにより、わしたちは出会ったのだろう。縁というものは計算して作れるものではない。必要だから出会うんだ。平和なときは終わり、わしがまた命がけで仕事をするときが迫ってきている。わしには見える。かといってどうすることもできない。体を固くしたらもっとまずいことになる。

実は、わしには性欲がないんだ。いや、きっとあるのだろうが、普通の形ではない。若い頃にひどい目にあったから。でも押し殺した性欲はなにかを呼んでしまう。そういうことがあるんだ。まだ肉体が若いうちはきっと。

今はそんなキーワードが頭の中をめぐっているだけの時期。どうつながるかは全く読めない。事態はもうすぐ動き出す。わしはそれを待っている。待ちたくはないが、しかたがない。」

性欲、という言葉が意味を持って空に踊った。

何を言っているのかさっぱりわからなかったのだが、覚えていなくてはいけないと私は本能的に思い、心のメモ帳に彼女の言葉を全部しっかりと書きつけた。

彼女はそれだけ言うとカップを持ったままテントの中に入っていき、テントの入り口はさっと閉じられた。

「彼女は大家である僕に無断で、部屋を全部ペンキで真っ白く塗ってしまったんだ。部屋のものもいつのまにか全部空きの駐車場部分に出して積んでビニールシートかけてあるし。その次はそれらまで白く塗って外で乾かしはじめたし。荷物が少ない人なんであまり目立たなかったし、今、たまたまその駐車場が空いてるからいいけど、彼女は思いつきでなんでもすぐ実行してしまうからねえ。」

墓守くんは言った。

「目が離せない人なんだろうけど。」

彼女に聞こえるかどうかわからなかったけれど、私ははっきりと言った。

矛盾しているようだが、この人がいればこの場は大丈夫だという深い安定感とともに、彼女には消えていく文字と同じ切ないはかなさがあった。いつ消えてしまってもおかしくはないというようなもの。

「でもさ、墓守くん。その行動は、模様替えをして白く塗りたいと同時に『私はまだここを出る気はない』っていうすてきな表現なんだと思うな。だって、きっと美鈴さんは、出ていこうとひらめいたら、すぐにその通りにしてしまうだろうから。仕事が長引いて心配をかけるかもしれないから、帰ってくるために塗ったんだって思ってるんじゃない？」

墓守くんは私の目を見て、しっかりとうなずき、こう言った。

「わかってるから怒れないんだ。怒るっていう気持ち自体が、自分を頼みにしてくれというエゴだっていうのもわかっているし。彼女はどうせ僕がどう思っていようが自分の好きにするってわかっているから。」

するとテントの入り口のすきまから字がぽろっと、

「その通り。あと、『さん』づけはしなくていいよ。」

とこぼれてきてすぐ消えた。

この変な人が私を幸せないい人と言うのなら、私はきっと幸せで、いい人なんだ。

その考えはまるで虹のように幸せに、とんびがくるくると舞う空をとんびといっしょにすうっと気分よく高く渡っていった。

「出ろなんて少しも思ってやしないのに、全く。むしろ毎回『行くな』と思ってるよ。彼女が出かけてしまうと、寿命が縮まるような思いをするんだよ。」

墓守くんは言った。

恋をしているんだねえ、と母親のように優しく思った。テントの中からはすでに人の気配は全く伝わってこなかった。

彼女はもう聞き耳さえたてていない、私にはそれがわかった。

強いて言えば眠り病だったときの母のような気配だった。思いは全く伝わってこない。静かに深く寝はじめている。

典型的なイケメン好きの私にとって、墓守くんは全く恋愛センサーに引っかかってこない人だ。私の将来の夢は叶恭子さんみたいにいつでもすてきな若い男の人たちをはべらせていることだけれど、残念ながら持って生まれたものからして大きく違い、努力しても到達できそうにない。

そんな私なのに、なぜか彼は、私の吹上町で展開し始めた新しい人生の中で最も重要な人物なのである。

異性なのに、そして決してかっこ悪い見た目をしているわけではないのに、全く好きにならない。こんなことがあるなんて私にも信じられなかった。

つまみ食いしようという遊び心さえ起こらないのだ。

しかし私の思う、そんな若さにまかせたすさんだ恋愛観とは全く違う世界にいるこの静かなカップルは、穴ぐらの中の二匹のリスのようだった。ふと覗き込んで丸まって二匹で寝ているかわいさに気づいてしまったものの、そのままそっとしておきたいと思って木の葉であわてて隠してしまう、そんな佇まいだった。

まあ、簡単に言うとフィジカルな生き方をしている私から見て、彼らはあまりにもオタクっぽすぎたのである。

「それにしてもとても魅力的な人だね。さすが墓守くん。」

小さな声で私は言った。

私は男友だちの彼女を見るのが昔から大好きだった。

彼のことがよりよくわかるし、私が知らない面を見ることができる。それに、うきうきしているところや、しっぽをつかまれている男友だちを見るのは、ただただ面白くてしかたがない。

墓守くんはそんな私の気も知らずにうなずいた。

これから彼は「しかたないなあ」とためいきをついて、花束を持ってふつうに墓のそうじに行くのだろう。

健康的にうっすら日に焼けた彼は、色とりどりの花の色が混じっている春の幻想的な景色がちりばめられている町を背負うように屋上にしっかりと立っていた。美しい立ち姿だった。

彼だけが現実としてくっきりして見える、そんな感じがした。いつも輪郭がくっきりしている。その見え方の秘密を私はもっと知りたい。

＊

私が今住んでいるまるで城のような家の敷地内には貴重な史跡がたくさんあるので、家に帰るのにもいちいちセキュリティがあり門番がいる。生活の中ではそのことはけっこう面倒くさい。

門番はこれまであまりやることがなく退屈していたので、私たちが来たのがとても嬉しかったらしく、いつも満面の笑みで通してくれるのでさほど気にすることはないのだが。

一度帰ると出るのがおっくうになるのだけが欠点なのだ。

お金をかけて建てられていて、堅牢で、デザインも素材も良く、地球人にはないセンスのすばらしい家。

だからこそ、あの門を出ていかないと「下界」(別に家の中が天上というほどすばらしいわけではないが)の、人々がいる、雑多な、空気がわさわさして早く動いているところに行けないと思うと、ついめんどうくさくなってしまう。

こんなところに住んでいるなんておとぎ話のようだと思いながらも、こだちの結婚のおかげで住むことができている。

そんな強固に守られたはっきりした価値観の世界の中にいるというのに、私と母のいる場所だけには説明のつかないカオスの世界があり、そこにいれば落ち着く。

人間の慣れる力のすごさには我ながら驚いてしまう。この間まで小さな木造のアパートの2Kの部屋にこだちとふたりでぎゅうぎゅうに住んでいたのに。

そして母に至っては病院に住んでいたというのに。

何事もなかったかのように、私たちはこのお屋敷にちんまりと収まっている。

そして私はこの居心地のいい環境に染まらないように、むりにでも街に出かけるようにしているわけだ。

実際、私よりも勇に近いところにいるこだちはちょっとこの家の圧に参っているように見えた。

私と母にはコダマさんから引き継いだ中古の軽自動車があるのでフットワーク軽く出かけられるのだが、こだちの場合はまずこの棟の前の駐車場まで移動せねばならず、そこまでに「どっこいしょ」という感じの間ができるので、カーテンなど作って巣作りをしているうちについ時間が経ってしまうそうだ。

こだちの作るカーテンは妖精の部屋を彩る布のようで、彼らの住む棟は、男の楽園でシンプルかつスタイリッシュ、書棚が天井まである勇の部屋以外の部分は全部、森の妖精の部屋みたいなインテリアになっていた。

やりたい放題とはこのことだなあと私は思ったが、色とりどりのタイルとペンキで塗られたキッチンなどもはや絵本の世界のようで、こだちの卓越したメルヘン的センスを感じさせた。

その中に自分の作った謎のシルエットの服を着たこだちが立っているとまさに「森の女王」というイメージになる。見るたびに「適材適所」という言葉を思い浮かべずにはいられない。

実際には眠れる森の美女は勇のほうで助けにきた王子はこだちなのだが、勇はずっとずっと彼女を迎える日を夢見て暮らしていたのだし、こだちは自分の創作意欲を思い切り活かせる生活に入ったのだから、すごいと思う。

これまでやっていた劇団の衣装の仕事やインターネットで服や小物を販売することも、前よりはむしろ意欲的にやっている。こだちがたまに打ち合わせに出かけると、勇がほっとしたような淋しいような複雑な気持ちを感じさせる丸い背中で庭をうろうろしているのも微笑ましい。

ゆるいレベルでの鎖国というか、軟禁生活というか、そうなるのがとても簡単な場所なので、さすが引きこもりでは美鈴に負けないくらいだった勇の家だ、と私はいつも思う。

家の作りもヨーロッパの人の金持ちの家のようで、内側には大きく開けているのだが、外に対しては家の気配さえわからないようにがっちりと閉ざされている。

家の内側には遺跡があり彼の大切なこだちもいるので、心配性の勇の心のセキュリティがますます厳しくなり、圧迫感があるだろうことはよくわかる。この場所の暗い歴史の重みがこの家の空気をいっそう静かに重くしているのだろうと思う。

私たちが出入りして動くことによって、少しずつ空気が軽く澄んでいくといいと思っていた。

毎日少しずつ「気」が変わっていけばいつかそれが普通になり、勇の意識が変わるだろうし、そうしたら彼の背負っている重みが少しずついつのまにか軽くなっていくだろうと思う。

長丁場になるが、多分うまくいくだろうと私は楽観的にふんでいた。

門を入って右側の棟が私と母が住んでいるところ。真ん中が勇とこだちが住んでいる棟だ。左側の棟は遺跡とそれを研究していた建物と渡り廊下でつながっているが、今は基本立ち入り禁止になっている。許可を得た論文を書きたい学生や、どうしても見たいと家族のだれかが言い出せば、勇がロックを開けてくれる。

そういうふうに内側に向かってコの字になっている建物の真ん中には、きれいな中庭がある。

私は朝そこでコーヒーを飲みながら、本を読んだりメールを書いたりするのが好きだった。うっとりするような噴水の水音の中で、オリーブの木陰で、高く響く鳥のさまざまな声を聞きながら。

私のその趣味は勇とぴったり一致しているので、鳥の歌のじゃまにならないように、私たちはよくその場所で微笑みを交わしながら無言で過ごす。

勇の犬のマーセリンが私の足元にぴったりと寄り添い、そっと温めてくれながら、ぐうぐう寝息を立てている。じわじわと伝わってくる体温がほかほかの焼き芋のようなのだ。

噴水から少し溢れるちょろちょろと澄んだ音が磨かれたブルーのタイルの上を透明に流

れ続け、土を静かに潤していく。そうして流れる豊かな水を見ていると全く飽きることがない。

そんな朝のひとときには、私はしみじみと「ここに住めて嬉しいなあ、よかったなあ」と思うのだ。

＊

ばんと音を立てて扉を開けるときは、こだちが愚痴を言いたいときだった。そろそろ来るんじゃないかと、思っていた通りだった。

どんなところに住んでいてもそれは変わらない。ドアの材質がどんなものであろうと、彼女はその力持ちの腕で大きな音を立てながらいきなりドアを開ける。

母は車で買い出しに出かけていた。眠り病にかかりずっと意識不明だった母なので、私は母が自分から離れているだけでふっと病院で眠り続ける姿を想像してしまう。そして首を振る。違う違う、もうあの悪夢は終わったんだ。

でも心配が腹の底からどろどろ出てきて止まらなくなることがある。もしまたああなったらどうしよう、この暮らしがふいに終わったらどうしよう。考えると止まらなくなってしまう。

そんなときはサンドバッグを叩いて忘れる。

大きなキッチン、リビングには天井から下がったサンドバッグがあり、はじっこのくつろぎスペースにはたたみが敷いてあり、私と母の住む部屋のインテリアは混迷を極めている。私たちは居候に等しい状態なので、これ以上勝手に改装したりしないし、この棟の空き部屋に自分の住まいを広げようとしたりしない。借りぐらしにふさわしいキャンプ場みたいな雰囲気のままで住んでいる。だからこだちに比べて閉塞感を感じないというのもあるだろう。

こだちは鼻息荒くソファに座った。怒っていてもかわいい顔でずるいなあ、と私は思った。怖い顔の私が怒っていると本気でただ怖い女になってしまうのだ。

「けんかでもしたの？」

読んでいた本を置いて私は言った。

こだちは眉をひそめて、

「じれったいんだよ。」

と言った。

「せっかくあんな変わった環境にいるのに、決して学ぼうとしないんだ、自分の好きなこと以外は。家の中にある昔の時代のものに関しても、探究しないでそのままにしているし、見ないようにしている。

そういったことは彼のお母さんとお手伝いさんがみんなやってくれていたし、引き継ぐときにもマニュアルだけ教えて、ただこれだけやっていればいいからって育てられたらしいんだけれど、それは彼のおじいさんやお父さんが暴君の要素を持っていて、お母さんはそれを変えたかったからだって。地球の日本で、勇さんが平和に暮らすために、彼には優しく育ってほしくて、過去に関することに触れさせないで育てられたって。でも、ほんとうにそれに甘んじているなんて。」

珍しくこだちの顔が重く曇っていた。

窓の外を見る横顔はまるで幽閉されたお姫様のように憂いを秘めていて美しい。

そう、彼女の今の気分はもしかしたら、幽閉されたお姫様そのものなのかもしれない。

母と私はさしずめ彼女の料理番とボディガードか。

ふつうこういう感じの格差ができると姉妹というものはこじれるのかもしれないが、私は全然気にならなかった。そう思ってくれるだけでありがたいと思った。私はどうせしたくないことはしないので、こだちが必要としてくれることがいつでも……あの、こだちが消えた恐ろしい期間さえも、嬉しかったのだ。

それにしても世にもかわいい顔で毒舌なので、数十年いっしょにいるのに未だにびっくりする。私はもともと顔が怖いから、いくら毒舌でも自然に思われてしまうというのに。

「とりあえずサンドバッグでも叩いたら？　こだち。あんな面白い見た目の人といて退屈することができるあんたがすごいよ。それに、すばらしいことじゃない。彼を決して暴君に育てないように決心したお母さんとお手伝いさんのかたい遺志は尊重されるべきだと思うよ。」

私は言った。

「自分の好きなこと以外にはなにもしないなんて、人生から逃げてると思う。」

こだちは私の言葉を無視して言った。

「それはそうかもしれないけど、それはだれといても感じることだと思うよ。あんたの退屈はあんたが晴らさなくちゃ。勇がしたいことしかしない、引きこもりの、ひたすらおとなしいタイプだということは、だれがどう見たって初めからわかっていたことだから。恋やプロポーズに目が眩んでそれが見えなかったこだちだって悪いよ。

それに、あの見た目の上に、興味のあることが他にいくらあってもカナアマ家を継がなくてはいけなかったんだから、一族の歴史に対する嫌悪感もひとしおだと思うんだ。あの優しさを花のように愛でてあげてよ。かわいそうじゃないの。男なんてどうせだれを選んでも人間なんだからでっかい欠点くらいあるって。ま、あんたの彼は人間じゃなくてクマだけどさ。」

もちろん自分で稼いだお金じゃないお金で生きていくということのいやな重みを、この家にいるだけで私も多少は感じていた。

それは決して楽なだけではないし、貴族的な上品で軽いことでもない。血とか土地の言い知れない重さを、他人ながらじわじわと受け止めていくことなのだ。まして彼と入籍しているこだちが肌身で危機感を感じてもむりはないと思う。

「いっしょに旅行にも行けないいんだから。」

こだちは言った。私は答えた。

「世界一周の船に乗ってみたらどうかなあ。ピースボートみたいなものではなくって、裕福な年配の人たちが乗るような豪華客船に。メンバーが固定されていて、周りが慣れれば勇も見た目のことを気にしなくていいし、大丈夫なんじゃない？　うまくすると、今後も行き来できる人間関係ができるかもしれない。」

「……ミミちゃん、それ、いいアイディアかもしれないね。確かに私は今そういうことがしたい。彼を外に連れ出したい。だってずっと隠れて暮らしてるみたいでいやじゃない？そりゃあ、彼はお金持ちだから庶民の店や街歩きをしないのはわかるよ。でも、いくらなんでも出かけなさすぎだもん。」

そう言っているこだちの顔が少し明るくなっていた。思いつめて真ん中に寄っていた表情がふっとゆるんで優しくなった。

「でしょ？」

と私は得意げな顔をした。

「ちょっとそっちに気持ちを持っていってみよう。どうしても行きたいって言えば、彼はうなずくような気がする。船の中でも最初私がつきっきりでないといけなそうだけど、だんだん友だちができてくるかもしれないし。」

こだちはひとりごとのように言った。

「こだちこそが、彼以上に地味でこつこつ好きなことをするタイプなんだから、とにかくいろんなことを気にしない方がいいよ。人それぞれ、いろいろな生き方があるんだから。」

私は言った。

「私はどうしても家の中にあんな遺跡とか研究室みたいなものがあると、なにか学ばなくちゃいけないというような、責任やプレッシャーを感じてしまって。」

こだちは窓の外を眺めて言った。

「そりゃ、あんたがまじめすぎるんだよ。」

私は言った。そして続けた。

「この街は、遺跡とか変なものでいっぱいだから、気にしていたらきりがない。ここは変なところなんだから。あの大きな山に彫ってある馬を見なよ。あれだけとったたって他にはないおかしなものなんだから。うかつに掘り返してはいけない過去もありそうだし。あんた、例えば自分のひいおじいちゃんが屍人になってうろついているっていうことがわかったらどうする？　夜も眠れないし、今の法律では誰も裁けない。その状況を作るのはあんたたち夫婦にとってあまりいいこととは思えない。保存することに手間をかけることはとても大切だけれど、メンテナンス程度でいいんじゃないかと思う。それ以外は今を見て、今を生きてみよう、とりあえず。」

こだちはうなずいた。顔がほんの少し柔らかくなっていた。

「近々女だけでまた温泉でも行こうよ。山の途中にあるじゃない、景色のいい宿泊施設が。そこで思い切りワインでも飲んで、悪口は言わずに笑いながらぐちを言って、すっかりゆだるまでお風呂に入ったり、プールで泳いだらいいんじゃない？　一泊してもいいし。

急に引っ越したり、ママのためにいったん体を消して別の世界に行って生還したり、ママが目覚めてものすごく嬉しかったり、ママのいる新しい生活を受け入れたり、勇と恋をして結婚したり、そんなことがいっぺんにありすぎたんだよ。

こだちの体は時空を一回超えているから、バグみたいなのもあるんじゃないの？　出産もそうだって言うじゃない。みんなまっさらに再生もされるけど、取り返しのつかない部分も出てくるのは当然だと思う。別次元の自分を再構成したんだから、どこかしらうまく動かないところはたとえ小さくてもあるかもしれない。ママと同じで、慎重に取り戻していったほうがいい。」

　私は言った。

「そうだよね、私、ちょっと疲れが出てるのかもしれない。」

　こだちがやっと笑顔になった。

　言葉にしてわかると晴れるものは、いつだってある。

　母に似て根をつめやすいこだちは、カーテンを作るのにも夢中になって何日も徹夜しては倒れるように寝たりを繰りかえしていた。そんなことからたまった澱《おり》のようなものが、彼女を支配してしまったのだろうと思った。

「でも、それをしてくれたおかげで、私たちはママと暮らせている。こだち、私は今、毎朝思うんだよ。今日は最高だ、ママと暮らせてるって。ママが家の中で動いている物音を永遠に聞いていたいって。こだちありがとう、こんな日が来ただけで私の人生はもう最高のものだって、夢なら覚めないでって思いながら目覚めているんだよ。」

私は言った。

「なんもなんも。」

照れて全然自分の育ちと関係ないなまりを使って、こだちは頬を赤くした。

勢いですごい行動をするくせに、自分のその功績はあまり認めないまじめなこだち。

早くふたりに赤ちゃんでも生まれるといいのにね、と私は思った。

この家の重い空気をほんとうに変えるには、恋人たちの勢いだけでは足りない。マーセリンだけではにないきれない。新しい命のパワーしかないかもしれないと最近思うのだ。

母にもどんぶり以外の確かなものが必要なのかもしれない。

長年眠っていて人生をそこからやりなおすことになった母、そして気づいたら最愛の父をいつのまにか失っていた母。

「実は絶対に取り戻せないものばかりだ」という恐ろしい事実を私は日々感じている。母が丼ものを作りながら無意識にいつも待っているのは父なのだ。

それは決して叶わない。

たとえいつか新しい恋がやってこようと、母の心の一部がまだ過去の世界にあることを変えることはできないだろう。

眠っていた期間くらいの時間をかけて、だんだん母を今になじませていくしかないのだと思う。

おこげごはんの鍋を水につけるように、こちんこちんの高野豆腐にだしをふくませるように。母の抱えている宇宙一個ぶん、どれだけかかるんだと思うと気が遠くなる。

それに比べたら、過去と今がしっかりと地続きにある私とこだちが、母のいる暮らしにおそるおそる慣れていくことなんて、幸せすぎるほどに幸せだなと思う。

*

その朝、ぼんやりと中庭の噴水の前で私が持参したポット入りのコーヒーを飲んでいたら、まずマーセリンが走ってきて私に飛びつき、次にゆっくりと歩いて勇がやってきた。

朝のひとりのひとときをじゃまされたとは、いつも通り全く思わなかった。

見上げると四角く切り取られた空。枝を大きく広げるオリーブの木が空をいろんな形に揺らす。

鳥は自由に飛び回り、雲は上空の風でどんどん流れていく。とんびの声が高く低く響きわたる。ぴゅるるるる。その勇ましいシルエットが青の中で旋回する。この甘い夢のような光景が私の今の幸せのひとつだった。

流れる水の音はずっと、心のごみを洗い流すかのように響いていた。

「カップ持ってきた？　いっしょにコーヒー飲もうよ。」

私は言った。

どうせこだちはまだ寝ているのだろう。深夜テレビを見ながらミシンを動かすこだちの横顔を懐かしく思い出した。

そうか、こだちはこの人と結婚したんだ。

やはり、私とあんなふうに同じ部屋で寝起きすることは二度とないんだなあ。

私はしみじみとそう思った。くりかえしそう思うことで、淋しさを体にそっとなじませて慣れてゆく。

今は勇があの熱心な作業をする眉間にしわを寄せたこだちを、私のように毎晩見ているんだな。

「持ってきましたよ。」

お気に入りの小さなカップを手のひらに載せて見せながら勇は言った。

「こんなふうに家族になれるなんて、すごく不思議です。だって、僕たちがもし道ですれ違ったとしたら、きっとなんの接点もなくただそのままだったと思うんです。僕が車でアイスを買いに行ったときに、もしミミさんがバイトしていたとしても、ただ『かっこいい人だな』と思うだけかもしれない。」

勇は言った。

「私はきっと勇を見たら『おっ、熊か犬だ、気の毒に。『グレイテスト・ショーマン』という映画みたいだなあ、君、現代でよかったね』と思うだろうと思う。」

私は笑った。

「ほんと、その毒舌がだんだん快感になってきましたよ。」

勇は言った。

「私、自分がどんどんひどくなっている気がする。昔はこんなに思ったことを全部言ったりしなかったもの。心の中に留めておくくらいはできたよ。」

私は笑った。

「こののんびりした田舎ぐらしがミミさんをそうさせるのかもしれないですね。」

勇も笑った。その大きな歯を見せて。

勇に世話になっているから、毎日がんばってコーヒーを淹れるというようなことを私は一切していない。丼ものに自信のない日や、買い出しが遅かった日は、母もむりしてごはんを彼のために作ったりしない。

勇もまた、そういうことをきっちりやられると気を遣ってつらくなってしまうタイプだった。

そしてふたりの共通の愛するこだちが、かなりぐちっぽい状態になっていることを知っていても、私はあえてこんなとき勇に忠告したりしなかった。勇も決して相談してきたりしない。お互いに気持ちを隠してこだちの本音を探ったりもしない。

それはライバル意識などではなく、愛のある関係を保つためのいい工夫だった。

この場の清らかさが、そういう暗い会話を許さないということでもある。

そしてふたりともがこだちをただ信じているということだった。

朝起きて、こだちはまだ寝ていて、とてもよく晴れていて、マーセリンを連れて中庭でも行くかと勇が思ったとき、たまたま私が中庭でコーヒーを飲んでいる。そこに立ち寄ろう、そういう感じの暮らしができあがってきていた。

もちろんコーヒーを淹れるときに多めに落とすけれど、もし勇が来なかったら、母や私で午後のあいだに飲めばいい。

そんなバランスを見つけた私たちは、ふたりのあいだにある丸い空間をつぶしてしまわないように、幸せな努力をしていた。

それをこの中庭のオリーブの木は、噴水は、タイルは、みんな見ていた。

この場所を私は愛おしく思う。

ついこの間まではこの世にあることさえ知らなかった場所なのに、今やこの家での、私の聖なる祈りの場所になりつつあった。

*

東京に出るのは久しぶりだった。人がたくさんいて、歩く速度が速く、くらくらした。空気が吹上町みたいに甘くないし、濁ったような生臭いような変な匂いがする。いつも私を取り巻いているはずの潮の香りもすぐ服から消えた。

どうやって自分がここで暮らしていたのか想像がつかないくらいだった。

前に住んでいた界隈には立ち寄らず、服や靴などの買い物をしに新宿にだけ寄った。家族にもデザートを買って帰る。都会的なフィナンシェやプリンやクラッカーなど、田舎町にはなかなか売っていないものばかり。

そして帰りに都築くんに会った。

渋谷のＴＳＵＴＡＹＡの前で待ち合わせをして、会話もなくいつものラブホテルにいきなり行って、セックスして、お腹減ったねと言って立ち食いそばを食べて別れた。

なんとハードボイルドな関係だろう。

セックスの後にはなぜか熱い立ち食いそばが似合うという感じが、共有できていたこともすばらしい。

いや、共有できていると思っているのは私だけで、都築くんは何も考えていないだけかもしれない。ロシア料理食べたい、ボルシチ行こうよと言ったら、それはそれで「いいね」と言うだけかもしれない。

ただ、長く向かい合うような飲食店で会話をすることはこのふたりには合わないという認識だけは、口には出さずに共有している気がしていた。

並んでさくっと立ち食いそばを食べるくらいがいちばんふたりには合っている。

そんなとき、少しだけ胸が痛む。

さっきまで裸で抱き合っていたふたりが、服を着て、並んでコロッケそばを食べている。会話もなく余韻もなくひと口ちょうだいもなく、それぞれがあっという間に食べ終え、「行こうか」と店を出て、黙って並んで歩き、「じゃあね、また連絡する」と駅で別れる。

その瞬間はいつでも後ろめたいような、せいせいするような、変な感じがした。

この世でいちばん親しい人とでもなかなかしないようなことをいつもしていて、でも全く親しくはない。

しかしそこがまたたまらなくセクシーなことに思える関係なのだ。

つねづね思っていたのだが、セックスする相手と自分の子どもくらいしかあの穴を通らないのだから、よほどの親しさでないとそんなことはできないはずなのに、若さとか盛りっておそろしいものだ。いちばんだいじなことをなしにしようとしているなんて、矛盾としか言いようがない。

あるいは自分の奥底の本能が、この肉体とならDNAを交換しても間違いはないと、勝手に指令を出しているのか？

特に愛していない人物と寝るのはまさにそんなふうで、脳が間違った指令を出している感じが強くする。

これは多分こんな関係に関して、妊娠のリスクがある女性の側のほうが顕著に感じる感覚ではないかと思う。

もう私は東京に住んでいないんだし、この関係は自然に消えるだろう。そう考えるとうっかり彼に対して切なさを感じてしまいそうになる。

かといって「こんなことはやめなくてはいけない」と切実に思うほどの関係でもない。そもそもふだん私は彼のことを全く思いださない。この世にいることさえ忘れているくらいだ。

東京に行こうと思うと思い出し、セックスしたいなあ、じゃあ連絡を一応してみるか、そういう、お互いに都合のいいだけの関係なのだ。

東京にいた頃も、彼とはたまに会ってセックスしていた。

さすがに初期はもう少し頻繁に会っていたのだが、そこで恋人になるに至らなかったのは、彼にいっしょに住んでいる人がいると聞いていたからだけではなく、お互い、ある部分ではとても冷たい性格だからだと思う。

私には人が大事にしているものを奪う趣味は全くなく、彼に対するこのただでさえ水のようにさらさらした気持ちさえなくなったらあっという間にそのまま消えてしまえる関係。だからこそ、なんとなく続いてしまったのだ。

好きになったらどうしようと思ったが、全くならなかった。

全く深い感情がわかず、執着したりしつこく会おうと言ってきたりストーカーになったり、最近の生活を聞きたがったりはお互いに決してしないのに、すぐやれる人という、なんと理想的な関係だろうとだけ、私は（多分相手も）思っていた。だからほのかな好意が保たれて、また会おうと思ってしまうのだろう。

つまりこのふたりの関係におけるありのまま、というのはこれ以外の形ではなく、ベストな形なのだから別にいい、とお互いが思っているのだ。これ以上にはならないということを、認め合っている。

私たちのような冷たさを持った人にはきっと、冷たい人がこの世にいるなんて気にもしない、ひたすらにただ心温かい人たちこそが必要なのだ。

でないと子孫も増えないし、愛を知ることもないかもしれないから。

＊

都築くんとは、私がボクシングジムの受付のバイトをしていたときに知り合った。

彼の見所は、運動神経がとことん悪く、ボクシングが下手だということだった。

見た目は細いし筋肉もそこそこついていてものすごくかっこいいのに、ダッキングではスカをしてリズムがぐちゃぐちゃになりコーチのほうが転びそうになったし、パンチングボールはポクポクと木魚みたいだし、シャドウボクシングに至っては不吉な踊りみたいだったし、縄跳びはひゅんひゅん言わないで幼稚園の子みたいにドタドタしていた。

そもそも不器用すぎてバンデージを巻けなくて、ネットでワンタッチバンデージを買ったと自慢してコーチにその甘い心がまえを怒られていた。

「こ、これは面白いや！」

というのが私の正直な感想で、面食いであるポイント以上に面白ポイントが私の心を支配して彼の不思議なボクシングトレーニングの虜《とりこ》になってしまった。いつも笑いをこらえて眺め、なんで彼はこんなことをしようと思い立ったんだろう？　と次第に神秘さえ感じられるようになった。

「プロって何歳まで目指せるんですか」と彼が言ったとき、私がつい吹きだしてしまったのが会話のきっかけだった。

当惑したコーチが悲しそうな目をして、しかし優しく、

「年齢的にむりだと思うし、そこまでがんばる必要はないよ。よかったらプロを目指さなくてもただボクシングを愛してくださいね。」

とやんわり説得しているのをしみじみと聞いていた。

「すごく楽しいんですよ、生まれて初めて派手に体を動かしてるんです。自分の中でなにかが目覚めて育っていくのを強く感じます。」

汗だくの彼は笑顔で言った。

「……うん、そうだね、でもね、プロになるだけがボクシングじゃないからね。」

コーチは言った。

私は棚を拭きながら笑いを噛み殺して、そのいい会話を聞いていた。

そして「こんな面白い奴、近づくしかないだろう」、と獣のように彼を狙いはじめていた。

帰りの電車の中、体がほかほかしていて、いいセックスしたな！　とひとりにこにこしていたとき、ふと「性欲はない」という美鈴の言葉を思い出した。

＊

私にも性欲はふだんほぼない。

もしあったらとりあえず近くにいる若い男、墓守くんを襲っていただろう。尊敬する人とは寝ないということなんて、全く私の生きるためのポリシーの中には入ってない。

しかし墓守くんは私の欲を全く刺激しない人物なのだ。生理的に嫌いというのでもないのに。

コダマさんが血の繋がりはなくても親であるように、そして親にはそういう欲を感じないように（たとえ誰もかれもの奥底には底知れなく深い強い欲望が潜んでいて、この世の全てがその暗喩であろうとも）、墓守くんは手を出してはいけない「身内」のような感じがするのだ。

犬や猫はある時期さかり、そしてけろりとそういうものがなくなる。私の性欲もそれに似ているのかもしれない。そのリズムが都築くんとはこわいくらいぴったりだった。

それから、まさにフロイトが大喜びしそうなことに、彼は私の父にそっくりだった。端整な顔をしていて、口数はそんなに多くないのにどこかしら軽くて、いつでも人気者で、女性が大好きで。

でも内面は少し違う。父のように平和ならなんでもかんでもいいというところもなく、母にだけは異様に執着していたああいう変なこだわりかたもなく、彼はいつも絵と自分の内面のつながりだけを探求していた。

彼は、彼に惚れこんだ大金持ちの投資家の女性といっしょに西麻布のだだっ広いマンションに暮らし、アトリエとして新宿のボロボロの倉庫を自費で借り、そこで抽象的な絵をこつこつと描いていた。

知的で繊細で精密な彼の絵を私は決して嫌いではなかったが、墓守くんの花束のように深くは共感できなかった。私から見て彼の作品には世界へのシンプルな愛がなかった。内面の深いところに潜ってはいるのだが、そこが世界につながる水脈までは潜っていないように見えた。

だから私にとって彼の絵の世界は単に他人の頭の中に入っているだけに感じられてしまい、窮屈に感じられる絵だったのだ。それにいっしょに住んでいて金銭的に世話になっている女性がいるという時点で、私にとって恋愛的にはアウトだった。他の人に世話されている人は、それが実のお母さんでないかぎりは、本気の対象外になる。その人の上澄みだけをすくっているみたいで気味が悪くなってしまうのだ。このパンツもこの靴下も、その女の人が洗って洗濯ばさみにひとつひとつはさんだものなんだろうなと思うと、萎《な》えてしまう。

しかし、すごく不思議に思った。

なんでもかんでも手当たりしだい男とつきあってきたそんな私が、今のような落ち着いた生活に変わってきたのはいつからだろう？

これだけは確かなきっかけだと思うことがひとつあった。

母が目覚めていっしょに暮らせるようになった頃から、私は母の体の血行が悪いときに、肩や腰や脚をマッサージしていた。

それはあんなにもくりかえしてきた、寝たきりの母の足をさするときとは全く違う感触だった。同じ愛情、同じ足、母の膝の脇のほくろの位置も全く同じなのに、あの頃とは驚くほど違っていた。

そこになにかが通い合っているのがわかった。私もまた母からありがとうという言葉と共に、ぬくもりから温かい力をもらうのだ。

それがわかった頃から、愛していない人と寝ることがほんとうに恐ろしくなった。

それでもさっき、多分これが最後になるんだなと思ったら、裸で寝ているしわしわのシーツの感触がものすごく柔らかく感じられて、悲しくなった。心が通い合っている人とはありえない種類の淋しさだった。部屋の中にも私の中にもなにも温かいものが残っていない。セックスの熱の余韻だけがほのかに残っているが、それはイメージ的にはオレンジの光ではなく、青い光なのだった。幽霊に囲まれているような、不思議な暗さと美しさだった。

でもなによりもその暗さにこそ、私は惹きつけられていたのだろう。

きっと今回でバイバイだね、都築くん。

あなたの世界に対する愛のない絵、そして全く愛のない順番どおりのセックス。みんな好きでした。だってそこには、光とか花畑とか笑顔とか、わかりやすいものが一個もなくて、私はその狭い箱の中でお酒に酔うみたいに酔っていられたのです。

あの頃、母が人生から消えていた時期、こだちには服を作るという仕事と夢があって、私だけが暗く沈んでいた。そんなとき、ちょっとしたこんなぬかるみに足を取られることだけが、生きているって感じにつながるものだった。

でも今私にはやることがあり、ぬかるみは単なるぬかるみにしか見えなくなってしまった。

こんなふうに消えても、きっとなんとも思わないでいてくれる状況の都築くんだからこそ、私は救われたんだろうね。

心の中で別れを告げた。暗い電車の窓に映る私はなにかを決めた顔をしていた。その顔つきから別れがわかったとも言える。いくつもの窓や看板が通り過ぎていく。雑多な暮らしや思いが窓の明かりとなってちりばめられた夜の風景の中を、電車は通り抜けていった。

*

その午後私は「そのうち近所で自活しようかと思う、居候がどうも性に合わなくて。必要以上に廊下の掃除をしちゃうんだけど、いつまでたってもひとんちっていう感じで愛着がわかないんだよね」などという感じで、墓守くんに愚痴を言っていた。

愚痴を言いながら花を扱ってはいけないよ、なんていうインチキくさいことを彼は決して言わない。そういう輩《やから》ではない。ただ、彼は手をとめてお茶をいれはじめる。あ、汚い言葉でしゃべって悪かったなと気づいても、私は決して自分を変えない。むりをしたくないし、対等でいたいから。そして実は私もいやな言葉を口にしながら花を触っていない。

今は花を触るときとは違うな、と手が言ったような感覚をいつも持っていた。

だからバケツを洗っていた。バケツさんごめんよ、と思った。花のほうが君よりも上等だってことは決してないんだよ。

そんな私を照らす墓守ビングの陽ざしはしっかりと強く、あたりにはもう夏の気配さえ漂っていた。これから長い梅雨が来て、まわりじゅうの緑が雨に濡れもこもこのつやつやになる。そのあとにこの街がいちばん輝く暑い季節が突然に訪れるのだ。

「君があの家を出たら、すぐさま残りの人たちが重くなりそう。」

彼は淡々と結論を言った。私もそう思っていた。

「だよね。でもあの中では私がいちばん協調性があるから、あとの人たちはすぐ自分勝手に身の振り方を決めると思うよ。この私がメンバーの中でいちばん協調性のある世界なんて、どう考えても狂っているよ。」

私は言った。

「世間の人たちが何年もかけてやるようなことを、あなたたちはほんとうにさっとやっちゃうよね。だから全然心配してないんだけれど、むしろ面白く眺めているんだけど、こだちさんってみなが思っているような性格とは少し違うのではないだろうか？」

墓守くんは言った。

「みんながあいつを強くて無神経で明るいと思っているんだけれど。」

私は笑った。

「いや、実はなにかにくっついていないと生きられない、しかもその相手が自分の空気を動かしてくれないと活気も生まれてこない、出来事が起きないと大胆な行動ができない、受け身の性格なんじゃない？」

墓守くんの後ろでお湯がしゅんしゅん湯気を立てる。

パックのお茶をじゃっとコップに入れてできあがりというのと、この待つ時間があるのとでは全く違う。

そのことを私は最近になって知った。ああいう花束を作る人は、じゃっと入れるお茶を決して飲まない。ていねいに暮らす系の話では決してない。もっと「必然」という言い方に近いものだ。

ああ、そうかもしれないな、と私は思った。

始めるのはなんに関しても簡単で、むつかしいのはやめることの方だ。

「でもね、私はあそこまでしっかり養ってもらってたら、あんなふうに文句は言えないな。そういう自分を、とても冷たいと思う。勇に本気で意見をぶつけられるこだちのほうが、優しいなって。ねえ、美鈴さんはなにで生計をたてているの？　もしかして墓守くんが養っているってことなの？」

私は聞きにくいことをどさくさにまぎれてずけずけ聞いてみた。

「除霊。」

墓守くんはきっぱりと言った。

ううむ、変わった職業だ、と私はただ眉間にしわを寄せて、彼を見つめた。

「紹介の紹介のまた紹介制で、よほどのときしか行かない。たとえて言うならむつかしいお産のときにしか呼ばれないおばあちゃん助産婦さんみたいな感じだ。

でも一回に数百万から一千万くらいもらえるらしい。命がけの仕事だからね。事態がお弟子さんだとかの手に負えなくなったときだけ、数年に一回、依頼がある。

でも彼女はどこに行くのか、だれに頼まれたのか僕にさえ言わない。

そしてたいていぼろぼろになって帰ってきて、数日間あるいは数週間ほとんど寝てばかりいて、やっと立ち直ったらまたけろりとしてうちの下で暮らし始める。ごはんはほとんど食べないし、お金もほとんど使わない。ちゃんと家賃は払ってくれる。」

墓守くんは言った。

「彼女がウォーミングアップのために外に出てきたということは、また仕事に出かけていくということだ。いつも思う。今度彼女が出かけていったら、もしかしたらもう、戻ってこないかもしれない。会えないかもしれない。

君の言う通り、今のタイミングで白い部屋にしたのは、帰ってきたいという願いや祈りもあるんだと思う。年々よりすごいケースがやってくるから、ついに彼女は死ぬんじゃないかといつも心配に思う。でも決して人に養われたくないし、この仕事が好きだから、って言うんだ。ちなみに前回は両手の指を何本か骨折して帰ってきた。」

「だから少しだけカップの持ち方にくせがあるんだ。」

私は言った。

「よく気づいたね、あれだけの短い時間で。」

「ボクシングジムでずっと人の動くところを見ていたから。ああいうタイプの用心深い人が人にわかるほどに違う動きをしてるっていうのは、そうとうなことなんだよ。」

私は言った。

また変わった人生の人と知り合った。地球人でない血筋と言われている私とか、もはやなんだかわからない勇も充分数奇な運命だと思うが、吹上町ではごくふつうに暮らしている。

でも美鈴の場合は真剣勝負で全てが変わっているわけだから、しかもそれを本人が生きていくための道として選んでいるのだから、珍しい。彼女はあの虹の家の占い師の姉妹にちょっと似ていると私は思っていたが、生き方が似ているからだったのか、と思った。

どう生きたいとか夢見る暇もなく、才能が彼女たちの進路を決定してしまい、彼女たちはそれをただひたすらに生きるだけなのだろう。

＊

朝早くの森の中、木や草の香りが立ちのぼる中で私たちは、ばったり出会った。

「おっ、ミミちゃん。」

美鈴は私を見つけるなり明るい感じでそう言った。正確には動いた口から小さい字がこぼれ落ちてきたのだが。

その字がよく見えなくて私は目を細めていた。

それがまた、そこここに満ちた透明な光のまぶしさにぴったりだったのだ。

私はマーセリンに引っ張られながら散歩をしていた。

ゆっくりと、歌うように踊るように歩いて前からやってくる美鈴を見たとき、尊敬できる師のような佇まいだと思った。彼女がどんなところにでもたったひとりで人に迷惑をかけまいとして腹をくって行くすばらしい人だということがひしひしと伝わってきたのだ。

こだちのようにがむしゃらに無鉄砲にいくわけではない。リスクをわかっていて、それでも行くんだよという落ちつきがそこにはあった。

ある意味、墓守くんは彼女に永遠の片想いをしているのだとも思った。

だって彼女は、部屋を借りてる以外全く彼に頼っていないもの。

実はそういうことこそが、彼女が彼を思っているということの表れなのだが、そこは悔しいから教えてやらないことにしようと思う。女同士の秘密だ。そのくらい持ってもいいだろうと思う。こんなにも開けっぴろげの人生なのだから。

「うわあ、あなたが外を歩いてるなんて。吹上ネットニュースに載せなくちゃ。」

私は言った。

「そんなのあったたっけ？」

美鈴は首をかしげた。

「ありません。」

私は笑った。

マーセリンは美鈴の靴にお尻を乗せて座った。きっと彼女のことをひと目で気に入ったのだろう。

風が林を渡り、いっせいに揺れた木々がざわざわと美しい音を奏でた。木漏れ日が揺れてまるでシャワーを浴びているようだった。

そんな全ての瞬間が、まるでかけがえのないもののように、高い次元からの音楽のように私たちを光で包んだことを忘れない。

「ちょっと仕事に行ってくるんだが、あなたに会えたのは吉兆だ。」

美鈴の言葉がぽろぽろ落ちて、マーセリンのおでこに当たって消えた。

きっとマーセリンには見えるのだろう。何回か目をパチパチさせていた。

美鈴は微笑み、きりっとした清々しい顔をしていた。

私は思った。

きっと命がけなんだな、もう会えないかもしれないくらいに。

「墓守くんは知ってるんですか？　今日あなたが旅立つことを。」

私は言った。

「さっきしっかりとチュウしてきた。」

美鈴が微笑んだ。

「独り者には刺激が強い言葉です〜。」

私は笑った。が、内心ではあんな面白みのない男とキスかあ、と思っていた。

「わしにとっては面白い男なんだよ。なにせわしはオタクだから。」

私の表情を読んだのだろう、ぽろんぽろんと美鈴は言い、微笑んだ。

なんて美しい瞬間だろう、と私は思った。光がふたりと犬を半透明に照らして、木々からは生まれたてのようないい香りがしていた。これからいいことしか起きない、そんな感じだった。

「仕事に行くのは、怖くはないの？」

私は言った。

「死ぬほど怖いよ。今だって逃げだしたい。できればお気に入りのあの部屋、今はペンキくさいけれど、真っ白で気持ちがいいあの場所で寝ていたい。断りのメールを出したくてたまらない。ほら、手が震えてる。昨日も悪いことばかり考えて一睡もできなかった。」

私に小さく震える手を見せながら、美鈴は言った。

そして唇を噛みながらうなずいて続けた。字が落ちるのがゆっくりになった。

「でも行かなくてはならない。これがわしの人生だとわかっているから。逃げるわけにはいかない。」

こんな美しい朝に戦地のようなところに赴く人生を、私は決して選べないと思った。なにがどういう流れになると、そんな人生になってしまうのだろう？

「必ず帰ってきてね、また会おう。」

私は言った。

「友だちができた。ペンキの匂いも帰ってきたら落ち着いてる。いろいろと帰ってくる理由が増えた。」

美鈴は言った。

友だちができた、なんてきれいな言葉。地上のいろいろな言葉の中でもそうとうにいいほうに属するその言葉。

じゃ、とうなずきあって、すれ違った。

一度だけ振り返ると、彼女がかついだボストンバッグを背中に揺らしながら、ポケットに手を入れてまっすぐに歩いていくのが見えた。

私はあの人をかなり好きになったみたいだ、と自覚した。

そしてこれからも会えることが嬉しい、と素直に思った。

そう思う瞬間は、未来そのものだ。

可能性の広々した感覚そのもの、光と広がりに満ちたもので、この世で最も純粋な輝き。

朝草の葉にたまっているつゆみたいなもの。

美鈴がいなくなっても、表面的には墓守くんは変わらないように見えた。

いつものように淡々と体を動かして暮らしていた。

ただ、彼がたまに彼女のために静かに祈っているのを私は感じていた。

雲が太陽をよぎり墓場に影ができるとき、枯れた花を集めて束ねているとき、つんだ菜の花を洗っているとき、祈りの気配があたりを満たした。

私はいつもそれに重ねて祈った。

彼女がぶじに帰ってきますように。

＊

そして母は相変わらず丼ものを作っていた。

研究は今や、だしやみりんに及び、私たちの部屋のキッチンはいろんな匂いに満ちて、まるで実験室のようだった。

おいしければ食べるものにそんなに頓着しない私たちは、続いても喜んで丼ものを食べた。

勇はもはや抵抗せず、こだちといっしょにすんなり来るようになった。そして食後の女たちのおしゃべりタイムになると、そそくさと読書をしに自分の棟へ帰っていった。いい落としどころをみんなで探って見つけた感じだった。

四人で仲良く食べていると、ずっと前から家族だったみたいに思えてきた。

大皿からそれぞれがなにかを好きな分量だけ食べる方式よりも、四つの丼が並んでいる方が、そして真ん中に盛られたサラダやお漬物だけをそれぞれが取る方が、妙な結束力を生じさせる。

「家族になる合宿」、こそばゆく思いながらもずっと幸せを感じていた。

そして、その意外な展開はそんな平和ボケしたどんぶり的な毎日の中で、突然やってきたのだった。

＊

その午後、私はコダマさんの店で、たくさん注文があった贈答用ジャムのセットを作る手伝いをしていた。ラベルを作って瓶に貼り、箱にきれいに詰めて、隙間を柔らかくきれいな紙で埋めるのだ。

その合間にお店に出てはアイスを売っていた。

この季節の名物は夏みかんのアイスで、子どもたちは塾の帰りや学校の帰りによく寄って買っていった。たいていの子はボルという「いいこと貯金」のポイントで買うので全くもうけにはならないが、実に清々しい仕事だった。

ただ子どもたちがアイス目当てでおばあさんを引っ張りっこして席を譲ったりするので、いいことだけを育てているのかどうか、微妙な点もある。まあそういうアンバランスは街のそれぞれの場面で解決されていくのだろうし、なにがなんでも席を譲るという感覚を体で覚えるのはいいことだろうと思う。

店のガラス戸を子どもたちがべたべたした手で触って帰っていくので、私はしょっちゅうガラスを磨いていた。アイス屋のすべての鏡とガラスは清潔感を感じさせるための命である。薄汚れているとアイスまで不潔に見えてしまう。一心にドア周りのガラスを磨いていたそのとき、ふっと目のはしで私はなにか知っているものを捉えた。しかも瞬間のことなのでよくわからないのに、ぞっとする感覚だけが残った。

私は店のドアを開け、外に出た。

舗道を歩いていく女性の後ろ姿……知っている人だ、だれだっけ、と思って頭の中を検索して、私は驚いた。

美鈴だ。間違いない、あの肩の感じ。引きこもりならではのやたらに色が白い感じ。

しかし、その服装といったら！

完全に別人のものだった。

タイトなワンピースに華奢《きゃしゃ》なミュール。アクセサリーもたくさんつけて、金色の革の華奢なバッグを肩にかけている。

最後に森の中で会ったときの自然な感じとはまるで違った。

そうしている間にも彼女は遠ざかっていった。女性っぽい、気取った、腰を振るような歩き方で。

どういうことか気づいてしまい、ぞっとした。

あれは美鈴ではない。完全に誰かに乗っ取られている。

うわあ、こりゃめんどうなことになっちまったなあ、と私はひとりつぶやいた。

きっとすぐに墓守くんからフィードバックがあるだろう。

それまではとりあえず追わずに放っておこう。

そう結論して私はガラスを磨き続けた。

どんなにモヤモヤしていても、これからのことが不安になっても、ガラスがきれいになると心まですっきりするような気がするからだ。まず心を整えなくては。

冷蔵庫をくまなくそうじすると、腸がきれいになるような気がするのと同じだ。

外側は内側。

ということはつまり、あの服装の美鈴の内面は、どんなふうなのだろう?

おかしな夢の中にいるような感じで、私はその後ろ姿が小さくなっていく様子を何回も思い返した。

友だちができた、と言ってくれた、あの人はどこに行ってしまったんだろう。

まさか死んでしまったのか? それともあの新しい人の中に深く押し込められてしまったのか?

まだなにもわからない。恐れて嘆くよりも、これから起きることをしっかりいろいろ見極めようと私は思った。

＊

「彼女、除霊に失敗しちゃったみたいで。」

バイトを上がってからあわてて駆けつけたら、墓守くんが見るからにひどい状態で、思った以上にしっかりと落ち込んでいた。

顔色は悪かったし、全体に覇気がなかった。その露骨に出ている人間味に嬉しい気持ちさえ覚えた。

そんなこと気にしないでこれまでやってきた、なにがどうなろうとそれぞれの人生だから……というクールなだけのカップルだったら、私の思っている墓守くんと違う気がするから、どうしようと思っていたのだ。

でもそういう失望は人間関係によくあることで、理想を押しつけてはいけない。

もし私の人生観にとってだいじなところで彼が全く違うものを持っていたら、少し離れるしかないが、好きなところは好きなままでいい。

しかし彼の落ち込み方は完璧に正直で、ほれぼれとするほどだった。

「美鈴が今までにあそこまでにはならなくても、弱ってしまったことはあったの？」

私はたずねた。

「この間の骨折も消耗がひどかったし、帰ってきてから一ヶ月熱を出して吐いて寝込んだこともある。ずっと看病して、一ヶ月してやっとじょじょに生き返ってきた。」

墓守くんは言った。

「でも、そのときは人格が彼女のままだったから、たとえ死にかけていても、かまわなかった。世話ができることが嬉しかった。彼女も僕が毎日ごはんを作っている後ろ姿を見ては泣いていた。今度こそ結婚しようって言ってた。でも、彼女も僕もほとんど天涯孤独みたいなものだから、する必要あるのかなって言って、そのままになっていた。子どもでもできたらしようって。あのときが、僕たちのいちばん幸せなときだったかもしれない。」

「まだ終わってないかもしれないじゃないか、そんなに悲観的になっちゃだめだ。」

私は言った。

でもその気持ちがよくわかる気がした。

目の前にいる人が、実はそこにいないということは、ほんとうに心細いことだ。母の眠り病にずっと寄り添ってきた私には彼の暗黒の精神状態がよくわかった。なにも希望的なことが考えられなくなって、しかもその苦しい状態に慣れてしまうのだ。

「きっと彼女は今、戦っている。あの体の中で。そして彼女は寄生虫みたいに、なめくじみたいに、蟻みたいに、絶対に勝つと思う。僕はそれを手伝おうとしている。」

彼は自分を励ますようにそう言った。

「墓守くん、そのたとえさあ、愛する人の命がかかってるときに使うものとはとても思えないよ。」

私は言った。

「……そういうことをさらっと言ってくれる君がどんなに頼もしいか。」

墓守くんは目を細めて私を見て、微笑んだ。

なぜか赤ちゃんを見るお母さんみたいな顔をしていた。

「そ、そう？」

私は照れた。彼は今、愛する人が殉死するかもしれない、しかもその道において決して判断を間違うことはできない世界にいるんだ、そう思った。力になれたならとても嬉しい。

「この街には今はもう君という仲間がいるから、僕はもうオアフに移住することはない。ここで美鈴と暮らす。そう決めた矢先にこんなことになってしまった。人生ってうまくいかないこともあるんだなあ。」

墓守くんはつぶやいた。

私はびっくりした。心のどこかで、墓守くんはお父さんの仕事を継ぎにハワイに行ってしまうのではないかと不安だったのだ。私がそれを止めているメインの理由のひとつになっているなんて、ただ誇らしかった。

「あっちに行けばおしゃれなジャム事業の社長になれるかもしれないのに、しかもすてきなハワイでしょ！　なんて奇特な……。墓守くん、私ももちろん力になるよ。私みたいに虹の家で相談してみたら？　あの怖い姉妹なら解決法を知ってると思うんだけど。」

私は言った。わらにもすがる思いであの場所を訪れた、あの日のせっぱつまった、まだここに友だちがいなかった自分を思い出しながら。

「それは最後の手段だ。美鈴はあの姉妹に対して変なライバル意識を持っていて、もし僕が連れていったことを知ったらかなり怒るだろうと思う。ちょっと流派やポリシーのようなものが違うらしいんだ。もちろん最終手段としていつも僕の心にあることではあるんだけれど、美鈴はきっと自分の力で乗り越えようとするだろうし、もしも連れていくとしたら、今美鈴を乗っ取っている何者かがいやがるに決まっているから、僕は美鈴を気絶させて連れていかなくてはいけない。なるべく彼女の体を傷つけることはしたくないんだ。彼女の気持ちをなるべく尊重したい。でも命に関わる場面になったら、必ずそうやって介入する。だからぎりぎりまで待ってみる。」

墓守くんは険しい顔で言った。

除霊の仕事とは武士道のようなもので、ひとりで立つことに大きな意味があるのだろう。命にかかわるとき以外は、ぎりぎりまで戦い抜かないと彼女の今後のキャリアや仕事に対する強さに影響してしまう、そういうことなのだろう。

「私にできることがあったら、なんでも言って。」

私は言った。

「ものすごい弱音を吐いてもいいだろうか？」

墓守くんは言った。私は強くうなずいた。

「帰ってきた日、うっかりだまされて彼女と寝てしまったんだ。違うとわかったのは、途中からだった。でも彼女の姿や体が好きだから、やめるなんてできなかった。美鈴はセックスが嫌いで、めったなことではしようと言わない。でも命からがら帰ってきたときにはたまに求めてくるときがあるから、今回もそれだと思ってしまったんだ。彼女の体、でも彼女ではない。彼女には会えない、彼女自身を抱けない。それだけで気が狂いそうなのに、そのときすっごく興奮したんだ。今も気が狂いそう。」

墓守くんは頭を抱えた。

「それはそうとうに最悪なことだね。同情するよ。」

私は言った。こんな弱いこの人を見るのは初めてだったから気の毒すぎて、ただぽんぽんと優しく彼の肩を叩いた。

いつから私は森の相談役（そんな仕事があるかどうかもよくわからないのだが）みたいになったんだろう、みんなが私に悩みを告げてくるな、と思いながら。

「あんなきれいな人を目の前にしてなにも感じない男はいないから、しかたない。だいたい体はそもそもあなたの恋人のものなんだから、罪でもないし。」

「だってそんなことしちゃだめだろう。自分はもっとしっかりしていると思っていたのに、美鈴にだけは弱いんだ、昔からそうなんだ。」

彼は言った。

「相性がいいのか悪いのか、そうなってくるともはやわかんないね。」

母が帰ってきたり、妹が嫁に行ったり、全然知らない城に引っ越してなんだかわからない居候みたいな暮らしをしはじめて。友だちの恋人の口から字が出てきたり、他人に体を乗っ取られたりしているのに、さほど気にならない。

頭がおかしいのは私なのではないだろうか？

あるところまでは、私はいろいろなことに関してもっとよくよくよしていたはずだ。

もしかしたら、あの虹の家に行ってから？

あの姉妹が私に変な魔法をかけた？　実に気に入らない考えだったけれど、そうなのかもしれないと思った。

あるいは吹上町の奇妙な魔法が私を捉えてしまったのかもしれない。あの日私は実は虹の家で殺されて、それからは霊体となってこの街にいるのではないだろうか？

そう思うとちょうど納得がいくくらいに、私の内面は変化していた。

こだちに至ってはいったんほんとうにこの世から消えていたではないか。

このおかしな街からはふたりの稀有な音楽家が生まれている。

どちらも徹底的に音楽そのものを追求していて、個人としての普通の幸せなんてまるでいらないという様子で、音楽だけが人生なのは共通しているのだが、全く作風が違う。

ひとりは日本を代表する大きなライブができるくらい人気があるバンドの作曲家で、ドラマーだったが体を壊して今はピアノを弾いている。ストイックすぎるその生き方に惹きつけられて熱狂的なファンがたくさんいる。そのバンドのヴォーカルもやはりこの街出身だ。

もうひとりはインディーズの極みみたいな人で、あまりにも変わっている切ない歌詞や声や世界観がやはり熱狂的なファンを獲得している。

そのファンの熱狂の迫力は全く同じ色を持っているし、彼らの音楽は正反対くらいに種類が違うのに、この街を吹く風の匂い、海の気配、夜の深みが曲の中に響いていることには変わらないような気がする。

異次元に通じているだけのことはあると言える、ほんとうに変わった場所だ。

セフレと別れ、墓掃除を手伝い、花束を作り、親孝行をし、親戚孝行までしているなんて、自分がお坊さんに（この街のお坊さんは変わりすぎているからまた違う様子だけれど）なってしまったようで、すっかり違う人生が始まってしまっているのを感じた。

この場所の不思議な磁場は人の中のなにかを強く引き出し、その反面なにかを鈍く麻痺させるのだろうか。

どんなことが起きてもおかしくない麻薬のような甘い空気がここには漂っている。催眠術にかけられているような。血や肉の中にそっとしのびこむようなもの。

霧のない季節にもその魔法は気味悪くずっと生き続けている。

街のどこからでも見える山肌に刻まれた馬が、どこにいても私たちを見つめている。

それでも別によかった。今がいい。今の家族、今の友だちがいい。

あっけらかんとまたもそう思ったのだ。

夜の虹を見つめるようにはっきりとした気持ちで。

*

「おいしいどんぶりがあるって聞いてきたんですけど。」

「美鈴ダッシュ」がコダマさんの店にそう言いながら入ってきたとコダマさんから聞いて、私はびっくりした。

「どんな人だった？」

私は聞いた。

「う〜ん、なんていうか、僕たちの時代の言い方で言うと、ビッチって感じの人だった。」

コダマさんは言った。

「うわあ、それで私の携帯の番号とか教えちゃったわけ？　そのビッチに。」

私は言った。

「いや『ここはアイスしか売ってないですよ』と言って、試食させてあげて、彼女の携帯番号を聞いておいた。おいしそうに食べてくれたからいいかなと思ってね。小さい街だからどうせまたばったり会ったりするだろうし、すぐ調べがついちゃうと思うので、気が向いたら電話してあげて。」

おっとりしているんだか攻撃的なんだか全くわかりゃあしないコダマさんだが、しかたがない。とりあえず電話を切った。

参ったなと思いながらキッチンを見たら、母がまたしても親子丼を作っている最中だった。究極のごはんの炊き方を、炊飯器と土鍋を使って研究しているようだった。

「ママ、ママのどんぶりを食べたいっていう、ちょっとハジけたお嬢さんがいるんだけれど、どうかなあ？」

私は言った。

母は後ろを振り向かずに、

「いいわよ、試食してくれる人誰でも大歓迎。かなり完成されてきたから。そして基本の親子丼がいちばん人気があるということもわかった。人はどんなに回り道をしても、最初に心が動いた方向へいつのまにかちゃんと舵を切るものなのね。」

と言った。

名言だなと思いながら、私はうなずいた。

人は心の動かされた方向へ、いつのまにかちゃんと舵を切る。

しかし、この家は遺跡を抱えた貴重な場所であり、家主は勇である。彼の了解を得ずに変な女性を家に入れたら、気の弱い勇はともかくとして、こだちが鬼みたいに怒るのは目に見えている。

墓守くんのところで会うのも微妙だなと思った。

いっしょに親しげになっていくような感じになりたくはなかった。

そう思った私は、森の中の遺跡のあたりまで親子丼のお弁当を持っていって会うことにしようと思った。

それなら切ないのは私だけだし、観察もできる。しかもその切なさの程度は私ならまだかなり低く、今墓守くんが抱えている痛みと比べ物にならない。

それは勇に置き換えてみたら、私とこだちの人格が入れ替わってしまうようなもの、眠り病から目覚めた母が、別の人格になっていたようなものだ、それほどきついことなのだから。

＊

「こりゃまあ、えらくきれいになったね。」

待っていた彼女を見るなり私は言った。

美鈴ダッシュ改め、黒美鈴は考えられないくらい活き活きとしていて、美しかった。

生きているのが楽しくてしかたない、そういう様子だった。

そのつやつやした髪、ぷるぷるの唇。手入れされた爪、絶妙に肌を露出した服装。まるで水や花が揺れているのを見ているようなどきどき感を、女を性的に好まない私さえも感じた。

「こういう大人っぽいかっこうがしたかったの。」

彼女はしゃべった。

私はびっくりした。口から文字が出てくるのではなかった。

名前どおり鈴のようなかわいいころころした声。美鈴ってこういう声だったんだな、と私は思った。これは美鈴の体、そして彼女の声帯を使って響く声なのだから。

なんで美鈴の声が出なくなったのか、文字が出てくるほどに何かを苦しく願ったのか、私にはまだわかっていなかった。決して楽しい理由ではなさそうだということだけは感じていた。それだけに、美鈴ではない美鈴のその声は私の耳に切なく響いた。

「ねえ、でもさ、それ、あなたの体じゃないんでしょ？　あなたはその人を乗っ取って、その人の人生を消費してるわけでしょう？　あまりよくないと思うな。私は少なくとも前の美鈴に会いたいんだよ。友だちになるのはこれからってとこだったのに。」

私は言った。

そう言うなり、うっすらと輪郭を光らせながら朝日の中を歩いていった、あの美鈴を恋しく思った。

もしかしたらもう二度と会えないかもしれないんだ、と。

こんなにも美しく目の前にその姿はあるというのに。

「そんなこと言わないで。もう少しだけ、ここにいたいの。できればずっと入っていたい。だってこの人ったら、人生も体もとっても雑に扱ってるもの。私のほうがずっとこの体を楽しく幸せに飾ったり楽しませたりさせてあげられるのに。」

黒美鈴は言った。

「う〜む、それは、私にもあながち否めないところがあるんだなあ。」

私はつい言ってしまった。

「美鈴の人生って、まだよく知らないけれど、除霊とか、しゃべれないとか、引きこもりとか、セックスレスとか、どれをとってもあまり体にいいこととは言えないことばっかりだもんなあ。」

「でしょ？　でしょ？」

黒美鈴は嬉しそうだった。喜ばせてどうする、と私は自分に対して思った。すでに説得に失敗しているじゃないか。私は言った。

「ねえ、墓守くんがあんたの初めての人だったの？　好きになったの？」

「ううん、違う。」

黒美鈴は悲しそうに言った。

「ほんとうに好きな人とセックスしたことは、まだないの。」

「それは気の毒なことだと、ほんとうに思うよ。でもね、どんなに変な奴であっても、私はあのままのあいつが好きだったの。だから、持ち主に体を返してあげてください。」

私は彼女の目をしっかり見て、きっぱりとそう言った。

「うん、考えとく。私のこと、『あんた』って呼んでくれてありがと。ねえ、親子丼、持ってきてくれた？」

彼女は私の言葉を無視して言った。

食べたさのあまり目がキラキラしていて、子どもみたいだった。

「持ってきたよ。一個百万円。」

「体で払うわ。」

「それはいらないよ。」

「なんだ、あまりの色気のなさと男らしさに、あなたのことレズのタチかと思ってたのに。」

「違うよ！」

そう言いながら私はさっさとふろしきを解いて、きれいに盛られた親子丼のパックを出した。

塗りのお箸と香の物がついていて、お店のようだった。

このぬか漬けも母がぬか床を育てつつ、毎日底からかき回して漬けているものだ。

よく言われている野菜のへただけでなく、乳酸菌とかエビオスまで入れていた。そして常温だと発酵が進みすぎるけれど冷蔵庫ではうまく味がしみないから、と呪いのように熱心に混ぜ返していた。

それらを見たら、はりつめていた私の心まで少し緩んだ。

敵と決まったわけじゃないし、こんなにつっけんどんにしなくてもな、お客さんなんだから。そんなふうに。

「いただきます！」

子どもみたいに大きな声で言って、黒美鈴はパックのふたを開けた。そして、私の目の前で、こわいくらいいっしょうけんめいに食べはじめた。目玉が飛びでそうなくらい真剣に下を向いて。

そんなにガツガツしていても外見が美しいからあまり下品に見えないのが不思議だった。むしろあまりの勢いに狂気が感じられて、それがまた奇妙な美しさを醸しだしていた。

私も自分の分の親子丼とお茶を持ってきたので、お茶をつぎ分けて、自分もいっしょに食べた。

ちょっとばかりお尻は冷たかったが、外で食べる米粒はなんでこんなにおいしいのだろう。親子丼を食べ飽きたはずの私なのに、状況を忘れて思わずうっとりしてしまった。

母は確実に腕を上げていた。

そう言えば雅美さんがこれを食べて、

「私はこんなおいしいの作ってあげてないのに、まなびさんったらこんなふうに解釈してくれたんだ。」

と涙をにじませていたっけ。

それから急に、父が生きていた頃、家族でピクニックに来たことを思い出した。おにぎりを何個でも食べた、幼かった私。

こんな未来を思うことは決してなかった。まだ胃袋も小さかっただろうに、私は母が驚くほど食べた。こだちもそうだった。あのかわいらしい外見で、こつこつと食べ続けた。それを見て父がびっくりしていて、女の子ってこんなに食べるんだ！　と言ったのを覚えている。

そうよ、私だってそうなのよ、猫をかぶっているんだから。

母がうふんという感じで笑って、セクシーにそう言ったことも。

全てが風に消えていった、懐かしい会話たちよ。

目を閉じると今にも両親が目の前に並んでいそうなのに。

こだちは嫁に行き、私はぶらぶらしていて、母はあれから歳を取っていない。それが今だ。いい感じにその素材だけを残したゆがんだ未来になってしまった。

そして、それでもどうしてだろう、「それでもやっぱり今がいいなあ」と私は同じことを思ったのだ。

そしてそのとき、私の口から勝手に関係のない言葉がふいに飛び出た。

「あ！　あんたって……子どもでしょ！　年齢的に。ほんとうに子どもなんでしょう。大人じゃないでしょう！」

顔を上げて、一拍置いて、口のはじにごはんつぶをつけたまま、彼女は目を丸くして言った。

「なんでそう思ったの？」

「ひらめきってやつです。」

私は言った。その直感に確信を持っていたので揺らがなかった。

そして突然になにかを理解したような気がして、彼女のことをかわいそうに思った。そうか、この極端にセクシーな様子は、子どもが想像するアニメの中のセクシー美女みたいなものなんだ。どうもおかしいと思った。大人にはこんな露骨な、まんがみたいな振る舞いはできない。

彼女は私の目を見ずに言った。

「もうすぐ、この体を出るよ。うん、わかってる。そう、あたし、まだ子どもだもん。悪魔にはなりきれないよ。悪魔がなんだかをほんとうにわかる前に死んじゃったからさ。悪魔を見た瞬間に死んだと言ってもいいかもしれない。人の心の中の悪魔に触れて、死んだ。私の心なんて、私を殺した男にとってはどうでもよかった。ほんとうにどうでもいい『モノ』として扱われることを私は人生の最後に知った。私にはパパはいないけれど、その分までママに大事にされて育てられたのに、そんな私は人の心の中の悪魔から見たら、好きに弄んで、ゴミみたいに捨てちゃってもいい、どこにでもいる女の子、いや、単なるモノだったんだよ。」

ぼそっとつぶやくその声に魅了されそうになった。

この人はいない人。幽霊。もうこの世に足をつけることはない。生きるべき人生もない。それでも今たまたまここにいて、おいしそうに、ごはんつぶを口のはしにつけて食べている。それはなんてすばらしいこと、奇跡そのものだ。もうなかったはずの瞬間を彼女は味わっている。

母のしようとしている壮大なことのはじっこだけ、ちょっとだけ理解できた気がした。

彼女は伊達や酔狂で丼ものを作り続けていたわけではないのだ。

「命」と「食べること」を本気でつなげようとしていたのだ。その魔法を生み出す道具が彼女にとっては丼ものだったのだ。

私は説得にすっかり失敗し、打ちのめされた気持ちになって、ゴミを収集して彼女と別れた。本人はお金を払うと言っているのに、子どもからは取れないと自分でお金を出すことにしたりさえして。なにをやっているんだか。

ごちそうさま、と黒美鈴はていねいに頭を下げた。

「お母さまによろしくお伝えください。信じられないほどおいしかったです。人生で食べた親子丼の中で、いちばんおいしかったです。」

そして、鈴のような声で、そう言った。

この人の人生はもう終わってしまったんだ。

それが信じられないくらい悲しく感じられて、目の前が暗くなった。

*

「僕のどういうところが好きだった？」

夢に出てきた都築くんは、現実の都築くんよりもしっかりと私の目を見て、そう言った。

そう、彼はそもそも自分以外のことにあまり関心がなく、口数も少なく、どこかいつも上の空という印象が強かったということを思い出した。

このまま連絡しなければ自然消滅できる、と思っていたのに、まずいことに今、彼と会っちゃってる、と夢の中で私は思っていた。

ここはどこだろう？　と私は思った。

駅のホームだった。小田急線の、多分代々木八幡だ。

表示を見ようとしても駅名がかすんだり、ぼやけたりする。それでやっとこれは夢だということに気づいた。

なんて夢らしいんだろう、ふたりはいつも渋谷のラブホテルに行っていたので、いっしょに代々木八幡にいるはずはないのだ。

「見た目がイケてるのに、運動神経がものすごく悪いところかな。それなのにボクシングジムに入っちゃうところ。」

私は落ち着いて言った。夢ならほんとうのことを言ってもいいと思って急に強気になったのだった。

「君が僕の絵にそれほど興味がなかったということはなんとなくわかってたんだけどね。」

彼は少し笑った。まるでとてもすてきなことを言い当てたかのように。

私たちはちょっと引っ込んだところにある木のベンチに並んで座っていた。

曇り空が遠く低く続いていていて、雨が降りそうだった。

向かいのホームに電車が来る。たくさんの人が乗り降りする。それなのに夢だから音がなかった。すごく大きな音がいろいろして、声がかき消されるはずなのに。

「いや、好きじゃないってことはないよ。ただ私はどちらかというとスタイリッシュな絵よりも素朴な絵の方が好きだから、単なる好みだよ。都築くんの絵のクオリティは高いと思う。勝手なイメージだけれど、ハリウッドにあるお金持ちの豪邸に飾られるような抽象画だよ。」

私は言った。とても優しい気持ちで。

都築くんはまたちょっとだけ笑った、口のはしで。

私たちはそんなふうに話をしたことは実際にはほとんどなかった。ほとんどしゃべらずにホテルに行って、やることをやって帰ったから。話しているときの表情をあまり知らない。よけいな情報を得ると情がうつってしまうと私は、きっと彼も思っていたから。

それでも彼のポケットがほつれていたり、靴に絵の具が飛んでいるのを見ると微笑んでしまうくらいには、情はあったのだが。

「君が思っているよりはずっと、僕は君のことを好きだったと思う。」

私の心を読んだかのように都築くんは言った。横顔の左目から涙が一粒落ちた。さすが夢だ、その涙は美鈴の声みたいにぽろんとガラス玉のように服を転がっていき、駅のホームの床にきらっと光って一回はずんだ。そして転がって消えていった。硬いものみたいに、形を保ったままで。それが電灯の光に反射して虹色に最後に光るのまで見えた。私はずっとそれを目で追っていた。

なんでそんなことを言う？

なんで泣く？

感情を見せるなんてルール違反だ、このままフェイドアウトしようと思っていたのに、そんなことされたらもう一度だけ抱き合いたくなってしまうではないか。

私は表情に出さず、心の中で地団駄を踏みながらそう思っていた。

私たちはこれからどこに行くのだろう？　なんで電車を待っているんだろう、そう思っていた。中途半端な関係、中途半端な気持ち。

もうこんなことはやめよう、こんな気持ちになるなら、もうこういうつきあいを人と持つのはやめよう。いくら相手には家族がいるから淋しい思いはさせないとしても、まるで残酷なことを自分にも相手にもしているような感じがしてやりきれない。

私は涙をにじませながら、ぼんやりそう思っていた。

＊

遠くのほうで電話が鳴っていた。

私は目を覚まして、携帯のあるところまでぼうっとしながら歩いていった。電話は鳴り止んだ。

夕方近い午後、部屋が薄青に沈み始めていた。そうか、昼寝していたんだった、と思い出した。寝すぎてしまったではないか。私は電気もつけずに電話を手に取った。

そこだけ光っている画面を見ると、全く知らない番号からだった。

友だちの少ない私、アドレス帳に載っている番号など限られている上に、ほぼそこからしかかかってこない。たいていは私が勝手につけたあだ名で「墓守」「アイス大将」「バカ力」「どんぶり狂い」「動物」などの表示が出るはずだった。

なので私は何も考えずに薄暗い部屋の中、座ってかけなおした。

窓の外には木の枝がシルエットになって見えていた。

ドアの向こうでは、母がなにか作っている物音が聞こえる。なんと幸せな物音だろう。うす暗い部屋で変な時間に目覚めても、少しも悲しくない。

「もしもし。」

知らない女性が電話に出てきた。

「コダマですが。お電話いただきましたか？　どちらさまでしょうか？　いただいた番号にかけなおしてみたのですが。」

私は言った。

「……都築の家内です。」

その女性は言った。

ヤバい、あいつったら結婚してたのか！　と思ったのがまず最初だった。

それがショックだったかと問われると、「そうでもない」と私の心が勝手に答えた。

うそをついていたのは、彼にとってそれがわりとどうでもいいことだったからであって、隠そうとしていたというほどでもないとわかっていたからだ。彼はそういう性格だった。

そして次に、目の前が急に暗くなった。

私はいっしょに住んでいる人がいる人と寝るのは悪いことだって思ってたんだ、と改めて知った。自分の気持ちさえ自分ではわからないのが人間というものなんだなあと。

やばい、バレた。でももう別れてるし、いや、それはまだ私の頭の中だけだったか、いやいや、どうしよう。ついに修羅場になってしまうのだろうか。ただ単に裸でいっしょにいただけでして、私は絵のモデルでして……などなどいろんな対応策が一気に頭をかけめぐった。私はとりあえず、

「はい。」

とだけ、口から言葉を出した。

しばらくの沈黙の後、都築くんの奥さんは言った。

「都築が亡くなりました。」

私が黙ったままでただ驚いていると、彼女は静かに抑揚のない声で続けた。

「自殺ではありませんでした。翌日の仕事の約束もしていましたし、完成間近の絵もありましたので。彼はいつも使っている睡眠薬を昨夜も飲んでいたのですが、お酒をたくさん飲んでいたのと睡眠薬の常用で心臓に大きな負担がかかっていたようで……死因は心臓発作でした。」

彼女は言った。

私の気持ちは一回でんぐり返しをして、一瞬で落ち着いた。

まるで潮がひくように全ての感情が去っていった。

さっきまでのあわてた自分に戻りたかった。そうしたら彼は死んでないってことになるでしょう？

ああ、だからか。たった今夢で会いに来たのは、そういうことだったのか。

彼は私が思っているよりずっと私を好きだった、それが遺言か。切ないなあ。

この間会ったときのすべてのこと、彼の感触、手の動き、温もりなどが、私の目の前に強く巻いた渦となって押し寄せてきた。

「アトリエのソファで横たわっていたのを私が見つけました。処置をして病院に搬送されるとき、ご両親を呼んだからねと言ったら、ミミ、コダマミミ、と確かに言ったのです。それであわてて連絡先を彼の携帯から探して、見つけたのですが、ご連絡するより先に、さきほど亡くなってしまい……。ただ、お知らせするだけになってしまいました。お葬式に来てくださることはしなくてよいです。あまり良い亡くなり方ではなかったので、身内だけで小さくすませる予定なのです。」

彼女は言った。そして、そっと続けた。心からの声だということが伝わってきて、私の胸にその言葉がしみてきた。

「コダマさん、お会いしたことはないのにおかしな言い方ですが、彼の人生にいてくださり、ほんとうにありがとうございました。都築の人生は感情の起伏も友だちも少ない人生でした。彼の感情は全て彼の絵の中に吸い込まれていってしまったのでしょう。きっとコダマさんがいたことがとても嬉しかったんだと思います。」

「こちらこそ、ありがとうございます。私も、お友だちとして、彼が思っていたよりはずっと、彼のことを大切に思っていたと思います。心からご冥福を御祈り致します。」

そう言って、そっと電話を切った。

核心的なことは互いになにも言わないままに。

もちろん彼女は彼と私の関係がどういうものかわかっていただろう。それでも彼女はきっとまだぼうっとしていたのだろうし、だからさくさくと電話をかけることができたのだろう。それから彼女は死の放つ強烈なエネルギーの前に少しだけ高揚していた。まだまだ気持ちは慌ただしいのに、彼の命のためにもうできることはなにもないから、とりあえず私に電話をしたのだろう。

彼女の声は闇の中から響いてくるように虚ろだった。

人と人との関係は、こんなふうにも終わりうるんだなあ、と私もまたぼうっとしながら、夢の中で見たあの哀しい曇り空のことを考えていた。

今の電話さえなかったら、そしてかけ直しさえしなかったら。もしかして私は「別れたつもり」のまま、彼が死んだことを知らないで、あの夢だけ見てそのままいたのかもしれないなと思った。

それが幸福なのか不幸なのか、今はわからなかった。

そのほうがきっと楽ではあっただろう。

メールをしたら返事が返ってこなくて、あ、彼からこの関係を切ったんだな、と思うだけでよかったのかもしれないから。

彼女の電話が愛からなのか意地悪からなのかも、わからない。

きっとどちらでもないのだろうし、そこがいいところだろう。

空を見上げて思った。

そうか、いなくなっちまったのか……。

私のとても不毛だった東京時代に、寄り添ってくれてありがとう。

次に生まれてくるときは、望み通り、もっと運動神経のいい人間に生まれてくるといいね、と。

*

「墓守くん、冴えないときに悪いけど、つきあっていた人が死んだから、花を作ってくれる？」

そう言いながら墓守くんのいつもの顔を見たら涙が出てしまった。涙はいったん出たらまるで蛇口をひねったみたいにどんどん出て、私は両手で顔を覆った。

これが友だちということなのか、そう思った。泣ける、伝えられる。そして細かくは言わなくてもおおむねわかってもらえる。

いつもの、拾ってきたアウトドアの椅子に座って、彼は水切りをしていた。

彼の手元から菜の花の黄色がこぼれるようだった。

「……それは、たいへんなことだったね。お安い御用だよ。」

墓守くんは言った。

「彼のイメージは菜の花ではないんだなあ。蘭とか、白くないカラーとか、アネモネとかそういう感じがする。だからちょっと待って。彼に寄せて作ってみるから。」

「なんでわかるの？」

あまりにもさらっと彼がそう言ったので、私はびっくりして言った。

「なんとなく今横顔が見えたから。」

墓守くんが言った。

「私の性生活をのぞいたわね！」

急に泣き止んで私は言った。

「そんなものまではのぞいてないよ、失礼な。」

墓守くんは笑った。

きっとこの人が作った花束を、いつものラブホテルの入り口に置いて手を合わせたら、私のこの胸の痛みも治まるはずだと確信した。

これまでのやりきれないはんぱな思いや、繰りかえした二時間の逢瀬や、そんなものをひっくるめたもやもやした苦しみが。

「ありがとう。コーヒー淹れようか？」

私は言った。手土産に街一番と評判のコーヒー豆を持ってきていたのだ。

「たまにはいいね、コーヒー。」

墓守くんは言った。

洗濯物が風にはためいていた。パンツもあるけれど何も感じない。旗にしか見えない。

しかしここには愛がある。触れるほど確かにあるのだ。

愛ってなんだろう？

今大きな地震が来たら、私たちはお互いを気づかうだろうし、なにかのミスで相手が死んでしまってもお互いに恨まないだろうとわかっている、そんな安心の感覚。

突きつめたら消えてしまう程度のかすかなものに支えられた信頼なんだけれど、そこに海や空が光っているのと同じように確かなものなのだ。

お湯を沸かし、ちょっとずつ注ぐ。コーヒーのいい匂いが風に乗ってすぐに消えていく。

コーヒーが入るまでのその時間、安心して私は悼《いた》んでいた。

墓守くんはなにも言わず、そこにいた。

安心……これさえあれば、人はまた今日を生きる流れに乗っていける。

そう思った。

都築くんを過去の亡霊にしたくなかった。ちゃんと生きて死んだ人なのだ。奥さんがいて、絵も描いて。

そのためには私が生きている感じを持って、この世にいないといけないなと心から思った。

＊

母は買い出しに出かけていた。こだちが、

「静かにまんがを読みたい、続きものだからここで読ませて。」

といつものように私たちの棟にやってきて、たたみの部分でごろごろしながら電子書籍リーダーでまんがを読んでいた。

母があの小さな車を運転しているところを想像すると、事故のことを思い出して胸がきゅっとなる。あのとき運転していたのは父だったのだが、自分から離れていて車に乗っているということには変わりがない。

どこかひとつでも設定が似ていると体が勝手に思い出すのだろう。

今日はなにがあの事故の日に似ているのだろう、と考えて思いあたった。ああ、死の匂いが心の中に充満しているところだ。

後片づけはやっておくよと母に告げていたので、私は母の実験室……じゃなくてキッチンの洗いものをやって、どんぶりやボウルや冷蔵庫を片づけていた。

そういう行為の中には祈りに似たものがある。母は無心になりたくて、そしてひたすらに料理を作ることで祈っているのだなと思った。母のキッチンが祈りの場であることがひしひしと感じられた。その整えられた清らかさや、集中力の波の残り香のようなものから。

こだちを見ると仰向けになっていたり、うつぶせで足をばたばたさせていたりほんとうにひどいかっこうなのだが、横にまんがの山が積まれていないところが昔と違った。

時間は、流れているんだな、そう思った。

もうだれにも言わなくていいと思っていたけれど、あの頃にあまりにも似た光景が部屋の中にあったものだから、つい言ってしまった。

「ねえ、こだち、ちょっといい？」

「なに？　いいよ。」

端末を横に置いて、こだちはこちらに向き直った。

「実は、都築くんが死んじゃったんだ。」

私は言った。

「こっちに来てからもまだ続いてたの？」

こだちはいつになくしっかりと私の目を見て言った。

「うん、たまにしかもう会ってなかったけれどね。」

私は言った。

「どうして？　自殺？」

こだちは言った。こだちは都築くんにきちんと会ったことはなかったけれど、「ジムにすごくおもしろいボクシングをする人がいる」と言ったら、見学を装って都築くんを見にきたことが一度だけあったのだ。

「ううん、基本的には事故。睡眠薬とお酒をいっしょに飲んで、心臓が止まったらしい。」

私は言った。

「ミミちゃんにふられたショックで、とかではないんだね。」

こだちは言った。

不思議な緑のグラデーションの服を着てあぐらをかいた彼女にそう言われると、森の女王に教えを乞うている村人のような気持ちになった。

「うん、違うよ。もうほとんど自然消滅しかけていたから。それで、新しくわかったこととしては、奥さんがいた。いっしょに住んでいる女性がいることは知っていたけれど、正式な奥さんとは知らなかった。」

私は言った。

「そうかあ……彼女が歳上でお金持ち、みたいな話だったよね。でもきっと、彼は彼なりにふつうにミミちゃんに恋をしていたんだと思うよ。」

こだちはこの上なく優しい目をして私を見つめ、そう言った。

「恋って、あれで？　あんなにつごうのいいつきあいで？」

私は言った。

「そういう男の人っているんだよ。特に奥さんに不満があったわけではなくってね。一回だけ彼を見たから、なんとなくわかるよ。なにかが抜けてる人だっていうだけで、彼にとっては恋は恋だったんだと私は感じてる。」

こだちは言った。

「悪いことしちゃったかなあ、そっけなくして。」

私は言った。

「相手がどうとか、ああいう人には関係ないんだと思う。ほら、あの、有名なジュリーの曲……『6番目のユ・ウ・ウ・ツ』だっけ？　ああいう感じで、完璧な奥さんに飼い殺しになっていて自由を求めていたとか、そういう因果関係がちゃんとあるような思考回路じゃないんだよね。ああいう人は。ただミミちゃんを気に入ったからいられるときにはいっしょにいる、それだけなんだよ。そういう人でないと、あんなに空気を読まずにボクシングジムにいられないと思うな。あれ、本人はかなり自分のボクシングはイケてるっていう気持ちでいたんだと思うもの。」

こだちは言った。

「あんたっていったい何歳なの？　その曲って、親の世代の曲じゃない？　うっすら知ってるけれど。」

私は言った。

「ほら、いったんあっちの世界に行ったりしたから、容易にアカシックレコードにアクセスできるようになって、知りたいことは頭の中で問いかけるだけで情報を取ってこれるようになっちゃって。」

こだちは笑った。

「ジュリーの名曲のタイトル以外に取ってきてほしいものはいっぱいあるんだけれどね。」

私も笑った。小さな笑いが心をひゅっと救った。共有することの安らぎ。

「いやあ、それができるからこそ、勇さんの子どもを産むとかおそろしいんだよね。」

こだちは淡々と言った。大人の顔をしていた。

「彼自体がどんなに優しく大らかでそして繊細で虫も殺せない人だとしても、彼の血の中には、人間を人間として扱わず、この街を植民地としてしか思えなかった、残酷なことをしているつもりもなく残酷なものを生み出したものの血が、みゃくみゃくと流れているわけで、昔の情報を取ってこれる私としては、それを感じるとたまにぞっとしてしまうんだ。この血を続けることに加担していいのだろうか？　って。文化の違いだというだけで、まったく残酷と思わずに人を扱っていた一族なんだって思うとね。それを家の中から、地面から、ひしひしと感じてしまうとき、まだ私には受け止めきれない、もっともっと彼個人をクローズアップして見ることができないとだめだ、と思うんだ。」

私の妹はもう、若い日々をいっしょに安アパートで暮らしていた妹ではない、交代であるいはいっしょに母を見舞い、それぞれの東京生活をエンジョイしていたときの妹ではないのだ、と思うとちょっと切なくなった。

しかしこれはいいほうの切なさだから、簡単に受け入れることができた。

母は生きている、私たちは成長している。変化している。なんて良きことだろうと。

「ああ、そうだね、ごめん。ずっとこだちは単なるぐちをいつも言ってるのかと思ってた。大きく感じられたり体で理解できてしまうと、すぐには飛び込めないことってあるね。その気の重さは奴が引きこもりだからだけではなくて、そういうことだったのか。」

私は言った。

「いつもそんなこと思ってるわけじゃないよ。それに彼のことを私は、ほんとうに愛しつつある。だから彼は彼のままでほうっておいてあげたくなりつつある。まだ時間はたくさんあるので。こうしてこっちでたまに息抜きしつつ、あの歴史の重みに慣れていくしかない。あの期間、体がないままに様々な世界があることを、そこの常識では私たちの常識なんて消しゴムのカスみたいなものだっていうのを肌で感じた。すごく孤独だった。

たとえば女の人たちを閉じ込めて、赤ちゃんを産ませて、それを食べるのが王様だけの特権というおぞましい世界だってあった。目で見たわけではない。でもすごい速さでいろんな次元を通っていたから、そういうものがいくらでもあるってことがわかった。体のない人たちの世界で、赤ちゃんを作るときは想念だけで作って、みんなでその光でできた赤ちゃんをゆりかごに入れてにこにこしている世界とか、植物だけがえらくて人間は捕食されて溶けてくだけの世界とかね、そういう無限のバリエーションの中で、自分の正義なんて全く意味がなかった。

ただ、この次元の愛のくせを私は生きているし、愛してる。そしてやはり愛の中で、勇さんの中の異次元の常識が消えていくだろうと思っている。そこには確信を持っていたし、そうでなかったらきっとあの恐ろしい世界のどこかで迷子になって消えちゃったと思う。

ママとミミちゃんともう一回暮らしたい、その気持ちだけが光として導いてくれた。そんなくらいでいいのよ、生きるって。」

こだちは笑った。恐ろしい体験をした人の凄みがその笑顔には備わっていた。

そして言った。

「都築くんのこと、残念だったね。お悔やみ申し上げます、ミミちゃん。道が分かれても、元気で生きていてほしかったのにね。」

「ほんとうにそう思うよ、ありがとう。」

私は言った。

天使のように美しく微笑んだあと、こだちはまた寝転んで、まんがの世界に戻っていった。

そうそう、話を終えるこのタイミング、あうんの呼吸が懐かしいと私は思った。

こんなのを得るためだけに人は人と生きて時間を重ねているんだと思う。

私は片づけに戻り、供養のように美しくステンレスを磨き上げた。

*

墓守くんから、花束ができあがったと連絡をもらったのは翌日だった。

私が墓守ビングに顔を出すと、そこには黒美鈴が所在なさげにぽつんと座っていた。アウトドアの簡略イスには不釣り合いなセクシーな胸元の服を着て。足はパンツが見えそうに開いて屋上の床に投げ出されていた。誘惑の意図はないようで、ほんとうに子どもなんだから、と私は思った。

「だから、あんたはおよびじゃないってば。」

私は言った。

黒美鈴の存在の誘惑に、もう墓守くんはすっかり打ち勝っているようだった。

墓守くんはそういう落ち着いた所作をしていた。彼は元の平静な彼に戻っていた。もちろん装っている部分もあるのだろうが、いつもの墓守くんを見たら、私は自分がかなり彼の動揺につられていたことがわかった。「別にいてもいいけど、もう心は動かないよ」という雰囲気が全身からにじみ出ていた。

私は安心した。あれからずぶずぶと闇のセックスにはまっていたらどうしようかなと思っていたのだ。墓守くんだって人間の男だし、弱っているし、ふだんノリの悪い美鈴が今ならいくらでも体を触らせてくれるわけだし、ありえなくはない。どうなっていても許さなくちゃいけないな、と。

しかし彼は彼を取り戻していたし、きっとそれが美鈴を呼び戻す近道であると、私は直感していた。

二回しか会っていない私でさえもわかるくらい、今の彼女には大きな違和感があった。私でさえ美鈴のあのこぼれる文字や堂々とした笑顔を恋しく思っている。まして墓守くんはどんな気持ちなのだろうと思ったら、たまらなくなった。こんなときに都築くんのための花束を作ってくれるなんて偉大な人だ。

全く、似て非なるものの存在というのは、なんて悲しいんだろう。

「私が美鈴に戻ったら外出できなくなるから、これから東京にいっしょに行ってあげるよ。」

黒美鈴は言った。

「幽霊を連れて、死者に花束をたむけに行って、帰ってくるのは屍人のいる街。私の人生ってどこを切り取っても最低だね。」

私は言いながら本気でおかしくなってきて、げらげら笑ってしまった。墓守くんもつられてちょっと笑っていた。そして言った。

「僕は、こうなってから、自分が実はどんなに美鈴と外出したかったか、声が聞きたかったか、よくわかったんだ。女性の装いやなにかにはほとんど興味がないんだけれど、ふだんと違うということだけはわかる。そしてね、君には申し訳ないけど、美鈴にとても会いたい。どんなに会いたいか。どんなに愛してるか、よくわかったんだ。」

彼はこんなときでも黒美鈴が傷つかないように、しっかり気持ちをくだいている。

おまえは出て行け、美鈴を返せ！

とどなってもおかしくはない状況なのに。きっと私ならああだこうだ考える前にそうしてしまうだろうと思う。

しかし墓守くんが落ち着いているのは、黒美鈴に同情しているからだけではないことがわかった。この除霊の仕事を命をかけてでも全うしたいという美鈴の仕事に対するプライドを尊重しているのだ。そして低いトーン、確実な発声で、黒美鈴の中に眠る美鈴に話しかけているのだ。私は確信していた。除霊のことは実を言うとよくわかっていないが、「大騒ぎはしないで美鈴の生命力を信じる」という彼の痛々しいまでの決意はやはり私の胸を打った。

彼は決して美鈴をないがしろにして、黒美鈴と仲良く過ごしているわけではないのだ。私たちの秘めた「美鈴を返せ」という意見が、決心が、黒美鈴の心にじわじわとしみているのがわかる。

彼女はもうすぐ天に上がる、私はそう信じていた。根はいいやつだから、いつまでもこんなことを続けないだろう。

だから意地悪な気持ちになったり未練を持ったり、そういう気持ちをも認め、許してやるしかない。

締め上げて追い出しても、美鈴は喜ばない。美鈴がしたかった「霊を成仏させる仕事」をだいなしにしてはいけない。

それはわかっていた。美鈴に会いたいけれど、わかっていた。

そして墓守くんは私の何千倍、悲しい気持ちだろう、焦っているだろう、苦しいだろう。

そう思うとまた胸が痛くなった。

生きているということはこんなにも、良くも悪くも胸打たれることが多いのだということを、都築くんといた頃の私は全くわかっていなかった。

時間は消費するものであり、心はなるべく動かない方がクールでかっこいいのだと信じ込んでいた。

でも今はわかる。この飲まれそうなほどに激しい動きの中で人生の舵取りをしていくことこそが、生きることなんだと。

だからこそ私と都築くんはあらゆる意味で終わってしまったのだが、彼自体まで終わってしまうなんて、全く考えてもいないことだった。

ふだんから生活の中にいない人だから、ただ消えただけなのだ。

そしてそんな関係をもう誰とも持ちたくないと思った。

ただもう会わないだけなのだから、別れも死も変わらないくらいだなんて。

そんなにも薄い関係だったのに、思い出すのは彼のどうしようもない縄跳びやシャドウボクシングの様子で、彼が死んだ今でも思い返すと「ぷっ」と笑ってしまう。

都築くん、ごめん。私、これからの人生でもし泣きたいことがあったら、気持ちが沈むことがあったら、都築くんの運動する姿を思い出して笑顔になるよ。そうやって一生あたのことを大切に思い出していくよ。

そういえば彼が私の上になるとき、あまりにも体力がなくてそして運動神経がなくてうまく動けず、最終的には私が上になることが多かったなあ。

運動神経ってもしかしたら生命力と関係あるのかもしれないなあ。

そんなことばっかり思って、あまりにも不謹慎な悼み方だけれど、ちゃんと悼んでいるから、と私は空を見上げた。

のどかな雲がうす青の空にぽわんぽわんといくつか浮いていて、羊のようだった。今頃彼がそんな場所にいてくれるといいと願った。

「こんな感じでどうだろう。」

墓守くんが作った花束は、墓守くんが言っていたのとはまるで違った。

淡い紫のスターチス、たくさんの菜の花、チャイブの花。

あれ？　と思ったけれど、墓守くんの作る花束に間違いはないはずだ。私はしっかりと受けとって花束を胸に抱いた。それだけでもう涙が出そうになった。全部が日一日と現実のことになっていってしまう。気のせいではない、彼は死んだ。別れたんじゃない、別れただけだから今日も東京の空の下でいつものように暮らしているというわけじゃない。もうどこにもいないんだ。

「……ところでおまえ、東京に行きたいだけだろ。」

私は黒美鈴に言った。

「わかった？　でもさ、私は思うの。ちょっとはちゃんと考えているんだよ。いずれにしても、ラブホテルの前じゃ悲しすぎるよ。お花は彼のアトリエに置いてこようよ。エントランスでもいい。住所はネットで調べてあげたから。」

黒美鈴はまるで私のアシスタントであるかのようににこにこしてそう言った。そんな手があるなんて、私は思いつきもしなかったのだ。

「なんで人の彼氏のアトリエの住所がわかるの？　名前も言ってないのに。あんたもアカシックレコードにアクセスできるの？」

私は言った。

「そんなのわかんないけど、都築、画家、アトリエ、新宿で検索したらアトリエでインタビューを受けてるところがすぐ出てきたよ。アーティストには有名な貸倉庫らしくてネットでちょっと調べたらすぐわかった。」

黒美鈴は微笑んだ。

「なんだそうか。でもさ、奥さんがアトリエを片づけに行って、そんな花束を見つけたらいやじゃないかなあ。」

私は言った。

「だって亡くなってるんだもん、もう、いいんだよ。それに自宅じゃなくて、少し公な感じのあるアトリエでしょ？　いいと思うんだ。亡くなった人の気持ちを考えてあげて。もしミミのことが恋しくなっても、彼がいきなりラブホテルの入り口を思い出すことはないと思うよ。なんかさ、ミミってそういうところがイケてないから、ちゃんとした彼氏ができないんじゃないの？」

亡くなった人代表としての誇りを持って黒美鈴が言った。

私は少し悲しくなった。

「いや、それがさあ、残念ながらそういう奴だったんだよ。私＝ラブホテル、それ以外なにも思い出さない、みたいなね。細やかな心配りがなくて、絵にも全く情緒がなくてね。」

私は言った。

「でもちゃんと考えてくれた黒美鈴の気持ちがありがたいから、黒美鈴を悼むのをかねて、そうするよ。」

「ああ、そうか、私、死んだんだっけ。つい忘れてた。他の人が死んだ話してたら、ほんとに忘れちゃってた。私、今はおまけのときなんだね。」

はっとした顔をした後で、黒美鈴はそう言った。そして怒られた子どものような顔をして続けた。

「こんなことになると知っていたら、もっともっと、したいことがいっぱいあったのになあ。」

私は悲しい気持ちで答えた。

「ほんとうに、残念だったね。心から、気の毒に思う。でも、もし生まれ変わりがあるとしたら、それからでも遅くはないよ。残念だけど、今あんたが入っているのは他の人の体だからね、やっぱり長居はよくないよ。

このままここにいたら、私たちにいつかうっすらと嫌われることになる。そして罪悪感もあんたを締めつける。たとえひとりでどこかに逃亡して生きていっても、やっぱりそれは、筋が違う人生になってしまう。

人の体に入っているということは、その人の人生を奪っているということなんだ。だから、ちゃんと戻っていったほうがいいんだよ、行くべきところへ。」

残酷な言葉だったが、今周りにいる大人では、私しか言えるものがいないことだった。

「ところで墓守くん、菜の花は入れないって言ってなかった？」

菜の花がけっこうな分量で入っていたから、そこを切り口にそうたずねてみた。変えたわけを知りたかったのだ。

「なぜかわからないけれど、こっちがいいと僕は思ったんだ。きっと行けばわかる、そういうことだと思う。花がそう言っているんだから。」

墓守くんは言った。

ありがとう、と私が数枚の千円札を置こうとしたら、墓守くんはいらないと言った。

「君がまた、すてきな人とめぐり合えるように、その花束は僕からプレゼントするよ。」

私がまた、すてきな人とめぐり合えるように。

その言葉は、都築くんとの関係を罪悪感の海に沈めそうになっていた私の心を浄化した。

そうだ、私は自分のことを好きなすてきな人といたんだ。内容はどうであれ、いっしょにいたくていたんだからいいんだ。

そして私は幽霊と電車に乗った。

ホームに立っている彼女はとてもはかなげで、憎まれ口をきいているときとは全く違っていた。

電車が来て座ったとたんにあくびをして、黒美鈴は私の肩に頭をもたせかけて寝た。きれいな髪の毛がさらさらと私の袖を撫でる。肩の骨に彼女の小さな頭が当たって痛い。そして重い。

＊

私はこの上なく悲しい気持ちになって、窓の外を流れていく景色を見ていた。

春で、いろんなものが淡い光に満ちていて、ぼんやりとした新しさに包まれている。退屈な空気に包まれた昼間の家々。それとは正反対に活気づく森の緑。

こんなにも確かにすうすうと聞こえる寝息や、ちょっと開いたきれいな形のピンクの唇や、膝の上で組み合わさったか細い手や。

美鈴に会いたいな、と私は強く思った。

この子を好きになりたくないんだよ。

こんなつらいことはもう終わらせてほしい。

そんな気持ちはつゆしらず、彼女はすうすうと寝ていた。まるでお母さんの肩にもたれている子どもみたいに。腹や胸が呼吸で上下している。死んだ人の、生きている動き。ああ切ない、と私は思った。

でもそんなことをおくびにも出さず、新宿で彼女を叩き起こした。むにゃむにゃ言いながら目をこすったりして歩いている彼女は、子ども以外のなにものでもなかった。

久しぶりに来た東京は空気が悪く、駅は人でごったがえしていた。

乗り換えの駅で、黒美鈴が立ち止まった。

「どうした？　乗り換えの線はこっちだよ。」

と私は言った。

「あのね……ごめんね、お願いがあるの。私のママに会ってもいい？　この駅からうちが近いの。」

かすかなかすれた声で黒美鈴が言った。絶対却下されるとわかっているという目をしていた。

私は、じっと彼女の目を見て、

「いいよ。」

と言った。

断れる人がいるだろうか、こんな悲しい顔でそう言う女の子がいたら。

*

入り組んだ路地、長屋みたいなアパート、崩れかけたブロック塀。完全に今の建築法だったらアウトになるであろう建物ばかり。そういうところを細々と通り抜けていった私道の、密集して建つ小さな家の庭先にその人はいて、草むしりをしていた。なにかを吹っ切るように一心不乱に。

やつれていても美しい人で、一目で夜の仕事とわかる雰囲気が漂っていた。サンダルのつっかけ方や、髪の毛の染め方、ゆわき方。えりぐりの開き方。たるんだ首元のセクシーさ、青白い肌の色。

「取材の方ですか？　お断りします。」

私たちに気づいてすぐ彼女は言った。

「いえいえ、せめてお花をたむけたくて。」

とっさにそう言ってしまったけれど、黒美鈴の本名さえ知らない上に、これは都築くんのための花だった！　と思った瞬間に、私は悟った。

そうだ、だから墓守くんは花を変えたのだ。

これは、黒美鈴のために選ばれたかわいい花だったんだ。

「そんなことおっしゃって、そこをとっかかりにして取材しようっていうんでしょうよ。そういう方はたくさんいらしたので、もうわかってるんですよ。」

彼女は言った。

くたびれた様子で、乱れた服装で。もう人生なんてどうでもいいと彼女の全身が語っていた。あの子がいないなら、私はもう死にたいと。

黒美鈴はその会話に全く参加せず、きっと「見ていたいから」ただただお母さんを見つめていた。

そしてその目からは涙を流していた。とてもたくさんの涙を。

突然に黒美鈴は私の手から花束をひったくって、お母さんに押しつけた。まるで花を彼女の代わりに抱っこしてもらうみたいに。そのときに彼女の手がお母さんの腕の柔らかいところを恋しそうに撫でたのを私は見逃さなかった。見なくてすませたいような感情が私の内側からあふれた。

お母さんはびっくりした顔をして、腕の中の花を見つめ、それから言った。

「お嬢さん、どうして泣いているの？　うちの子のために泣いてくれているの？　あのねえ、若い女の子は泣かないでいいのよ。きれいで、幸せでいていいんだからね。

おばさんはね、娘を亡くしたの。とてもきれいで、おしゃれが好きで、子どもなのにメイクが好きで。将来はヘアメイクの仕事をする、そういう専門学校に行くんだって言っていたのよ。

でもメイクをしているっていう、おしゃれでセクシーだっていう、私がスナックのママだっていう、それだけであばずれだというふうに、うんと誤解されてしまってね、殺されたの。死んじゃったの。いろんなうわさが流れているけれど、私は知ってるし信じてるのよ。あの子はただきれいなことが好きだっただけだって。」

お母さんは微笑んで、黒美鈴の頭を撫でた。

「あなたの目！　その目の中の光。うちの娘にそっくりよ。きっとあの子も大きくなったら、あなたみたいになったんでしょうね。きらきらにおしゃれしてね。こんなふうにお友だちと仲良くおしゃべりしながら歩いてね。」

彼女のお母さんはそう言いながら、歯を食いしばって泣いていた。

それを見た私の目からもどうにもならない涙が出た。

黒美鈴は、いきなり大きな声で叫んだ。

「ママ！　ママ！　ママ！　ひとりぼっちにして、ほんとうにごめんなさい。」

そしてお母さんに抱きついた。

なんでだとか、違うとか、全く言いもしないで、黒美鈴のお母さんは、彼女を抱きしめた。そして小さなかすれた声で、

「あなたがあやまることはなにもないのよ。」

と言った。

そしてお母さんはいつまでもいつまでも彼女を抱きしめてゆっくり左右に揺れた。

世のお母さんが小さい女の子を抱きしめて揺らしてあやすのと同じ感じだった。花束といっしょに。菜の花の黄色い小さな花びらが、薄汚れた地面にはらはらと落ちた。

熱い温もりと涙が、私まで伝わってくるようだった。

永遠に離れたくないふたりの。

それでも永遠に離れてしまったふたりの。

＊

「なあ、もう納得いったんじゃない？　上に上がりなよ。もうこっちはつらくて見てらん

ないんだよ。こんな気持ちになることなんてもうたくさんだよ。」

私は目を腫らしたまま言った。つられて泣きすぎたのでものすごく腫れてブスになっていた。

「ますます未練がつのっただけだった。」

黒美鈴もまた泣き腫らした真っ赤な目をして言った。

「でも、お母さんにお花を渡せてよかったね。」

私は言った。

「うん、でもほんとうにごめん。あなたの彼へのお花だったのに。」

黒美鈴は鼻声で言った。

「いいんだよ。都築くんには花屋で私なりに彼に似合う花を選ぶよ。私だって、いちおう墓守くんの弟子だしね。それに、墓守くんにはわかっていたんだと思う。あの薄紫と優しい黄色だけの花束はあんたとあんたのママにとっても似合っていたから。」

私は言った。

ぼんやりと歩いていたらガラスケースの中に花がみっちりとつまっている古く清潔な花屋を見つけたので、私は勘を働かせながら、花を選んだ。

「ピンクの蘭と、白い薔薇と、赤っぽいカラーと。」

店のおじさんはてきぱきと花束を作ってくれた。

黒美鈴と私は電車に乗って、ビルの街を抜けて、都築くんのアトリエの古い倉庫に行き、きっともうすぐ片づけられてしまうであろうビニール傘などがまだある入り口に立った。

鼻のいい私にはわかった。都築くんの匂いがする。ああ、あれはアトリエの匂いだったんだ。人生の匂いを背負ってきた人と寝るってそれだけですでに切ないことだったんだな。

そっと花を置いて、ちょっとだけその傘の柄に触った。

「さようなら、ありがとう。」

と私は言った。小さい声でも、確かに天まで届けと思いながら。

そしてそれは天まで届いた。

世界がそれを知らせてくれた。一瞬、ぱっとその言葉が広がって波紋を作るような感じが伝わってきたから。

「あんな大きな倉庫を借りるなんて、お金持ちだったんだね、彼は。」

疲れ果ててお腹も減ったので新宿駅で入ったカフェで、甘いソーダを飲みながら黒美鈴は言った。いっしょにピザを選んでいる間、私たちは親子か姉妹のようだった。どんどんうまがあってきていて、まずいなと思った。

「その恩恵を受けたことはないけどね、いつもラブホテルに二時間だけいて、その後立ち食いそばばっかり食べてたもん。一万円未満の愛だね。一万円未満しかかけたくない女だったんだよ、私は。」

私は笑った。

黒美鈴もあははと笑った、子どもらしい、とてもいい笑顔だった。春休みとか卒業とか、そういう言葉を思い出してしまいそうな、大人がもうできなくなってしまった表情だった。見ていたいと思ってはいけない。

心がこれ以上通じたら、私は彼女を好きになってしまう、美鈴をすっかり忘れてしまう。そう思った。それが人間というものなのだ。いつも今に慣れてしまい、過去は薄れてしまう。古ぼけた店のソファの模様に目を落としながら、私は苦しくなった。

感情のアップダウンが激しすぎる小旅行だったので、帰りの電車ではふたりでずっと眠っていた。遠足帰りの子どもみたいにもたれあって、温もりをわかちあって。

お別れが来るなんて決して信じてない子どもたちみたいに。ふたりの投げ出した足がどんなになまめかしくても、ふたりでいるから安心で安全だった。

ぼんやりとしたまま駅に降り立ち、私は、

「じゃあ、コダマさんのところの後片づけを手伝うことにするから、ここで別れるね。」とロータリーのところで言った。そしてつけくわえた。

「今日はありがとう。楽しかったよ。」

彼女は最初にっこりと微笑みかえしてくれた。そしてその丸い瞳の中の、確かに彼女のお母さんが言った通りの、美鈴とは違う暗い輝きを持った目で私をじっと見つめ、怒ったような声で言った。

「私、出ないもん、もうずっとこのまま、暮らすんだ。やり直すんだ！　こんなチャンスを捨てるなんていやだ。私、この体で生きていく！　除霊に命をかけて、言葉も発せない人生より、私のほうがずっと生き生きとこの体を使えるもん！」

私は親のような愛情を持って言い返した。

「おっと、それは聞き捨てならないな。美鈴はむだに生きてないんだから。除霊をしてるからって、彼氏と変なつきあい方をしてるからって、言葉を発せないからって、だめな人生なんてことは決してないんだよ。」

彼女はぐっと押し黙り、そして口を開いた。

その怒りにぎらぎらと輝く目を見て、さっきお母さんが言っていたことをまた思い出した。

「あの子が私を見る目と同じ目」美鈴とは違う、黒美鈴のほんとうの、魂の窓。

「だって！　だって！　私がかわいそうだもの。私出ない。この体の中で生きてやる！

あんたたちにいくら嫌われたってかまわないから。」

駅前の見慣れた風景、ぐるりとロータリーを回って恐竜のようにのったりとした動きのバスが出たり入ったり。

帰路を急ぐ人たち、待ち合わせの人たち。酔っ払いたちの大きな声。きらきらと光るライトやネオン。看板に書かれた無数の文字。

風が吹き抜ける。現世の風、私が愛するこの世界の風。

東京にはなかった潮の香りと緑の匂いがたっぷりとつまっていた。

そのとき、私の口がまた勝手に話したのだ。

「……いいよ。そうしなよ。」

黒美鈴は目を見開いたまま、黙って私を見ていた。

言葉につられて、私はこの上なく優しい気持ちになっていた。

「私は美鈴と出会ったばかりだったけれど、彼女のことがとても好きだった。そしてこれからもっと仲良くなりたいと思っていた。墓守くんは彼女を愛してる。深く深く。ふたりはへんてこだけれどいいカップルだから、私に比べて彼のほうはそう簡単には許さないかもしれないけれど、しかたない。

だれだって生きていたいんだから。美鈴もいつか納得するだろうし、こういうことが起こりうる仕事についていたんだから、覚悟もできていただろう。これが運命だったんだ。

いいよ、いいよ。美鈴の人生をもらったなら、その倍もしっかり楽しんで生きるんだよ。私はしばらくはつらくてあんたに会えないかもしれないけど、いつかまた笑って会えるだろうし、あんたといっしょにあんたのママに会いにいけたこと、都築くんのアトリエにいっしょに行ったこと、正直言って、なんだか楽しかったんだ。それに頼もしかった。いずれにしてもあんたのこと、一生忘れないからね。」

「……うん。」

黒美鈴はうなずいた。

「じゃあね！」

私は言って夜道を歩き出した。

そして早足になりながら、うわあ、なんてこと言っちゃったんだ、美鈴ごめん、でも、私には黒美鈴にもう一度死ねとはやっぱり言えなかったわ……とふたまたをかけた男みたいに後ろめたく思っていた。

ふりむくと、黒美鈴は私に小さく手を振っていた。私は手を大きく振り返した。

駅ビルを背にした彼女は、小学生みたいに小さく見えた。

彼女のサンダルやバッグが闇にきらきら光って、夜の街に溶けそうだった。

あの儚《はかな》いきらめきを、お母さんが多分家を留守にしていて淋しかった夜の子どもの気持ちを、「誘い」と思った輩がいるのだ。

法で裁かれるだけでは飽き足りない、そいつの人生なんてめちゃくちゃになればいい、いや、きっともうなっているのだろう。

あんなかわいい子を、多少身持ちが悪かろうが、見た目が派手だろうが、きっとすばらしかっただろう彼女の人生を奪ったのだから。

奪われて、またそれを他の人から奪って、妬んで、損した気持ちになって……そんな負の連鎖の中に黒美鈴が入ってしまい、しかも力で負けてしまったことを悲しく思った。私には何も言えない。私は殺されたこともないし、だれかにとり憑いたこともない。とり憑かれた人を助けようとしたこともない。だから、ただただ悲しかった。

そういうことが起こりうる人間の思い、地上のどろどろした感情の仕組みが。

ひたすらにケースを磨いて、アイスを整えて、床を磨いて。

忘れよう、忘れるんだ、このきつい感情を。

そう思って、ドリームアイスクリームまで必死で走った。

あのきれいな世界の中に、ひとりの男が築きあげた夢の力に今だけ守ってもらうために。

＊

アイス屋の店内を磨き上げただけでは飽き足らず、もやもやしたこの気持ちをお墓掃除を手伝うことで解消しようと、そして墓守くんには黒美鈴に対して、墓守くんの気持ちも考えずに私の口から出た軽率な言葉を告白し、本気で謝ろうと思って、私は翌日の朝ごはん（朝からしゃけいくらのミニ丼だった）を食べてから、少し気が重いながらもお寺に向かった。

墓地に入ると墓守くんは、背中を向けてごみ袋に枝や枯れた花を入れていたが、私にはわかった。

彼の背中が昨日までと違ったのだ。

静かに輝いていて、生きる力に溢れていた。

その曲線は細胞がはじけそうにぷちぷちとした生命の輝きを発散していて、まるで今朝食べたいくらのようだと私は思った。ところで母はどうやってあんないいいくらを手にいれたのだろう？　などとよけいなことまで思いながら。

いかに昨日までの彼がしょげていたかが、そしてどれだけ力を失っていたのか、初めてわかった。

命がけの恋愛、地味だけれどいつも互いを深く想っていて、一度別れたら次いつ会えるかわからない恋愛。

それは私と都築くんが何百回、どんな体位で寝ようと、決して手に入らないものだった。

私は悟った。

そうか、逝っちゃったんだな、黒美鈴。

天に上ったんだな。

墓守くんに声もかけず、私は空を見上げてその甘い光と雲の帯が織りなす奇跡の色彩に、涙をこぼした。

楽しかったよ。ありがとう。次回は平和な人生を長く送る、そんな女の子に生まれてきなよ。

「墓守くん。」

私は声をかけた。

「美鈴、帰ってきたんでしょう？」

墓守くんは満面の笑顔で振り返った。

「なんでわかるの？」

「見りゃわかるよ。」

私の目からはまた予期しなかった涙がこぼれた。それは美鈴の言葉のように、ぽろっと私のシャツの襟に落ちた。

「そう、帰ってきたよ。生きてるよ。自分の部屋で寝てる。あの白い部屋で。ほんとうに帰ってきてくれたんだ。」

墓守くんは言って、腕で彼の目からもこぼれはじめた涙をぬぐった。ぬぐってもぬぐっても涙は止まらず、私は黒美鈴のお母さんがしたみたいに、そっと彼を抱っこしてゆすった。

こんなにも優しい気持ちですることなんだ、これは。

そう思った。

墓守くんの髪の毛の匂いごしにふと周りを見渡すと、お母さんにそれを最後にしてもらえた、黒美鈴の感謝の気持ちがそこここに、世界中に、美しい歌のようにあふれていた。

実際には殺風景なお墓の風景しか見えなかったのだけれど、彼女の声が私には伝わってきた。

世界は美しくて、人生はいいものだってこと、あんたたちは絶対に一回も忘れないでよ！　って。

＊

私は墓守くんの許可を得て菜の花ばかりの花束を作らせてもらい、美鈴の部屋を訪ねた。

出てこないかもしれないよ、彼女はきっと一日中深く寝てるから、まるでなにかを取り戻すように、と墓守くんは言っていたが、とりあえずドアチャイムを押してみた。

しかしドアチャイムの音は全くしていなかった。あえて電池を抜いてあるとしか思えなかった。あるいは壊れたまま放置しているだけなのか。大家さんとつきあっているというのに。

そこで私は静かにドアをノックしてみた。

ごそごそと物音がして、静かにドアが開いた。

「美鈴、おかえり。美鈴、あいつにこのままいてもいいなんて、ひどいこと言ってほんとうにごめん。」

私は言った。

美鈴はしっかりと私の目を見てうなずいた。それはもうすっかり美鈴の瞳だった。目の下の隈が生々しかった。

そして私は少しだけ思ってしまった。

黒美鈴が懐かしいな、もう会えないんだな、と。

なにせ同じ顔なのだから。

この間までいっしょにいたんだ、いっしょに電車に乗って東京に行った。帰りの電車に乗る前に疲れ果ててふたりで新宿駅で、ほぼ無言でむさぼるように安いピザを食べたんだ。あのタバスコとチーズの味、向かいのソファに座る小さな体。もうみんなこの世からなくなってしまった。

「白い部屋ちょっと見る？」

私の目をまっすぐに見た美鈴の声ではない文字が踊ったとき、ああ、そうだもう今は今なのだ、これは美鈴なんだ、と私の気持ちは切り替わった。

「見る見る。」

私は言った。

その部屋のドアの中は閉まっているカーテンも含めて、みんな白だった。

たたきに出ている赤いスニーカーだけが鮮やかに見えた。

流し台までパンクな感じで白に塗り込められていた。

美鈴は白いカーテンを開け（ちなみに、カーテンももとは違う色だったものにむりやり分厚くペンキを塗ってあった）、部屋に光が入り、白また白でいっそうくらくらした。立てかけてある脚立《きゃたつ》まで白かった。

「そのスニーカーも、明日白く塗る。」

私の思いを察して美鈴はあくびをしながら言った。

「また会えてよかった。」

私は言った。

「あなたに複雑な思いをさせてすまなかった。」

と美鈴は言った。

「ここに自分として戻ってこれてほんとうに嬉しい。あそこまで追い込まれたのは、抑えた性欲があだとなってしまったのだと思う。隙がないジャンルには決して副作用は出ないから。

なんかさあ、途中からあの子が気の毒になっちゃって。おお、いいぞいいぞ、好きに使えよ、この体くらい。貸してやるから好きにしなって思っちゃったんだ。しょうちゃんには内緒にしてくれよ、あんなに心配してくれて、どんなにホロリとしたことか。自分には性欲があんまりないから悲しませていたように思い、そこも今こそ補塡しようと……。すごく傷つけてしまって、申し訳ないんだけれど。なんかわしの思いと、しょうちゃんの思いっていつもそんなふうに微妙に食い違ってしまうんだな。

どうにもかわいくてさあ、あんなに生きていたいっていう気持ちが。

まだ生理が始まる直前くらいの年齢なのに、ちょっとませた格好をしてた不用心だっただけの罪で、レイプされて殺されて川に捨てられたんだよ、あの子は。その無念の気持ちが、昔いろいろあったわしにはちょっとだけわかる。

それで、まず彼女は親友に取りついて、親友がビッチになってたいへんな騒ぎになり、お坊さんだとか霊能力者だとかも動員されるようになり、それでも取れなくて、そりゃそうだよね、親友だったら、心ががっちり組んでるよね。そしてその親友のお母さんがわしの知り合いの知り合いで、わしのところに来たんだ。未成年だから格安で受けたよ。

その親友の体からやっとこさ追い出したとき、まだ成仏できなさそうだから、いいよいいよ、しばらく体を貸してやるから、おしゃれしたり、好きなことしな、いろんな男とやられたら病気とかを考えるとちょっとまずいから、せめてわしの彼氏と遊んでくれと思い、ここに帰ってきてみたんだけど。

そうしたら意外に相手が若くて強かったせいか、生きていたい想いが強すぎたのか、わしのしょうちゃんへの気持ちが意外にややこしかったのか、相手の力がどんどん強くなっていってしまい、出るのに難儀してしまった。あと、発声できるのをこの体が喜んだというのも今回は問題だった。わしもこの仕事を始めてまだ十年くらい、やはりまだまだ経験が足りないんだろうと思う。もう同じ失敗をしないように、自分のことをよく研究せねばと思い至った。

おしゃれというものにどんなに時間がかかるかもよくわかった。奴ときたら、一日中身づくろいをしてるんだ。猫じゃないんだから、時間がもったいないっての。

小さいときに虐待を受けているから、わしはそもそもセックスが嫌いなんだよ。でもそのことをいつも愛するしょうちゃんには申し訳ないなと思ってて。心から申し訳ないなと思っているからがまんしてやるんだけど、いやいやなのは伝わってしまうからね……。遠のき気味ではあったよね。

ふだんはどんなに強い奴でも、取りつかれてる人の体の外にとりあえず出して、成仏するまで添っていくだけなんだけど、今回は自分の中のメロウな部分にがしっとはまってしまったんだね。

でもね、死ぬよりはいいよ。生きてこの部屋に戻ってこれたから。この部屋にペンキを塗って、こんなふうにきれいに飾りつけていたことや、ミミちゃんと仲良くなってたことだけが、わしを引き止めた。

あ、もちろんしょうちゃんへの気持ちが生きているベースにあるのは間違いないんだけどね。でも意外に生きていることって、半分だけ残してきた焼き芋をなにがなんでも食いに戻ってやる、みたいな気持ちが大事なんだよね。

そしてやっぱりあの親子丼！　あれを自分の肉体で自分の舌で食べるために戻ってきたとさえ、わしは思ったね。ミミちゃんのママは天才だよ。」

彼女の話を聞きたいときは、彼女を見ていなくてはいけない。こぼれた文字はすぐ消えてしまうから。

そしてそんなふうに言葉を見つめているのは幸せなことだった。

白、白、白の渦の中で。

微笑む彼女の方が死んだあの子どもよりも狂っていないとだれに言えるのだろう？

「ねえ、あの子のほんとうの名前はなんていうの？」

私は言った。

「悲しくなるだけだから、ニュースを検索したりするなよ。あんな気持ちになるのはわしだけで充分だ。彼女の名前は、篠原泉ちゃんだ。」

美鈴は悲しそうに言った。

「いずみ。」

私はつぶやいた。

美鈴の首元に落ちていった、いずみという文字を見ながら。

とてもきれいな気持ちが風のように通りすぎる。

泣くまいと思った。もう全ては終わったのだから。

「奴め、しょうちゃんとセックスまでしやがって。」

美鈴は言った。

「子どもでも産むかな……。あの一発で妊娠してるといいのだが。愛せるだろうか、その赤ん坊を。なにぶんいろいろ未体験なもので。医者にあそこを見せるとか、考えただけでぞっとするんだけど。引きこもりのわしなのに、母子手帳作りに役場に行くとか？　うわあ、むりむり。」

人の体から霊を追い出したり、あんな変な男とつきあったり、口から文字を出したりすることができるのに、そんなことができないなんて傑作だなあと私は心の中で密かに思った。

「役場には私がつき添うよ。もし愛せなかったら、私がママと育てるよ。いつかその子と手をつないで海に行きたい、ピンクの浮き輪を持って。きっと女の子だよね。ぺったんこの上半身に全く意味のないビキニを着せて。どんなにセクシーに装っても、私たちみんなで守ろう。好きに生きていいって言おうよ。」

私は言った。

その子の名前はきっともう決まっている。

吹上の美しく長い海岸、蟬の声、浜にはキャンディのように色とりどりのパラソル、田舎臭い海の家から漂ってくる焼サザエの匂い。

小さい手と手をつないで、浮き輪を持って、海につかって、波に揺れながら緑の山を眺めよう。

＊

そういうわけで黒いほうではない美鈴もまた親子丼を食べたがったので（あの肉体はそんなにも親子丼が好きなのだろうか）、墓守くんと美鈴を家に呼んだ。

こだちはやってきたが、初めて会う人がいると恥ずかしいからと勇は来なかった。きっと母がお弁当を持たせるだろう。

この間話した親子丼好きな派手な人に似ているがこの間までとは違う人格なんだけれど

……と私が言ったら母はきょとんとして、

「あ、ビリー・ミリガン的な？　別にいいわよ、どっちでも。おいしく食べてくれるんでしょう？」

と言った。その発言で母の生きてきた時代がわかり、かつ大ざっぱな性格もよく出ていた。

私は、細かいことを気にしてる自分がおかしいのかな、と一瞬思ったけれど、そんなことはない。ちっとも細かくない、これは大ごとだ。

母の心の幅がおかしいのだ。

うちにやってきて親子丼を前にした美鈴が嬉しそうに手を合わせて、

「いただきます。」

と言ったとたんに、

「あ、文字がおどんぶりに入っちゃう。」

と母が言ったので、私も墓守くんも目を丸くし、美鈴は思わず口を押さえた。

「見える？」

と私は言った。

墓守くんはなんとも言えない顔のまま黙っていた。きっと私の「引きこもりだからあまり多くの人に会ってないだけで、実は一定の数の人たちには文字が見えると思う説」が正しいのかもしれないと思っていたのだろう。

「うん、口から字が。」

母は普通にそう言った。

「そのまま食べちゃっていいのよね？　消えちゃうものなんだったらね。どうぞ召し上がって。あ、般若心経とかあっという間に唱えて載っけてもらってお店で出したら、すごく人気出るかもね、なんちゃって。」

母はにこにこして言った。

美鈴はなにも言わずに、微笑んで再びどんぶりを手に取った。

まるで病気から回復したばかりの人のように弱々しく見えるその顔に、親子丼から立ち上ったゆげがふわっとかかって天女のベールみたいになるのを、私は幸せな気持ちで眺めていた。

どんなことが起きようと、自分が自分であれば気にならないものなんだな、そしてこの世で最も恐ろしいことは、自分が自分でなくなってしまうことなのかもしれない、と初めて動揺するところを私に見せてくれた墓守くんとの友情の絆が強まるのを感じながら、極めて単純に私は思っていた。

そこでずっと黙って食べていたこだちが口をもぐもぐ動かしながら言った。

「私には、ふつうに声が出ているように聞こえるんだけれど。」

私たちはみんな目を丸くしてこだちを見た。

こだちも目を丸くしてきょとんとしていた。

「また新しいタイプの理解者が現れた。もう収拾がつかないね。」

墓守くんは笑った。

「こだち、あんたには、どんなふうに見えるの？　なにも見えなくて美鈴の声が聞こえるの？」

私は言った。

「うん、ふつうにしゃべってるように感じてる。だから逆にみんなの言ってることがわからない。字が出てるの？　口からこぼれる感じで？」

こだちは言った。

「そうかあ、そういうこともあるんだね。」

私は言った。

「他の人から見たら、音は出ていなくて、口からね、ぽろぽろとね。ほら、回転寿司で、寿司の上にいくらをどんどん載せてこぼすサービスあるじゃん。あれみたいに、どんどんこぼれては消えていくの。」

「それが見たかったんだけどなあ。」

こだちは言った。

「できれば見せてやりたいんだけどねえ。」

美鈴は言った。

「そういえば、まなびさんに今度、僕の死んだ祖母と母が残した魯肉飯《ルーローハン》のレシピを教えましょうか？　他にもちまきとか水餃子とか作りますよ。」

墓守くんは言った。

「すごくおいしくて、きっとまなびさんも昔食べたことがあると思う。祖母の味はこの街で有名だったから。」

「ぜひお願いします。できれば買い出しのところからいっしょにね。いっしょに車に乗って、隣町の市場とか大きなスーパーに行きましょう。楽しみね！」

母は目を輝かせて言った。

今の母は私が子どもの頃の母とは別の人みたいだ、と私は思った。いつも夢見ているような様子だけは同じだが、より人生との絆が強くなっている気がした。

「自分を失ったときは一瞬もなかったんだよ。まあ、ちょうどガンダムとかダイターン3

に乗ってるときみたいな感じだな。意外に感覚としてはエヴァンゲリオンではないんだよなあ。」

食べ終わってお茶を飲みながら、そして母が漬けた大根のお漬物をぽりぽりかじりながら美鈴は言った。

「この世のだれもガンダムとかダイターン３に乗ったことはないと思うよ。富野由悠季さえ。だいたいダイターン３ってなに？　全くオタクなんだから！」

墓守くんは言った。

彼女と話しているときの彼は子どもみたいで、彼がおばあちゃん&お母さんっ子だということを強く思い出させる。私には決して見せない面だった。

「操縦している方の人をじっとわしは眺めていて、こっちに行けばいいのに、おお、そんなことをするのか？　とわりと落ち着いて見ていた。そしてたまに眠ったりもした。わしが眠ると彼女が生き生きとするので、申し訳なく思ったほどに、彼女は生きていた。エンジョイしていたんだ。彼女との会話は一切できなかった。しかし生々しく、自分の一部として感じたんだ。」

美鈴は言った。

「ああ、わかる。私も眠っていたときそうだった。体を拭いてもらったり、人がそばにいたり、そんなときには声をかけられる気がするくらい、意識がはっきりしていた。体が動かないだけで。そして、全部夢なのかなと思うこともあった。気づくといつもこだちはずっと私に向かって話しかけているし、ミミはマッサージしてくれているし。」

母は言った。

「私も、この間ママを探しに行ったとき、そういう感じだった。体はないのに、意識は体と同じくらいはっきりしていて、ちゃんと行動できた。」

こだちは言った。

「あなたたち三人の会話、ハイレベルな世界での共有がすごすぎて、ちっともついていけない。しかもできれば私はそんな体験をしたくないっていう話ばっかり。」

私は言った。体から出たり入ったりしたことのある人たちはどこか突き抜けているなあと思いながら。

「なかなかいいものだぞ。瞑想しているような。なんでもそこにあるし、しかしなにもない。すっきりしたもんなんだ。」

美鈴が言った。

「わしはずっと見てた。ミミ、あなたはほんとうにいい奴だ。とことんいい奴だった。彼女がお母さんに会ったところでは、わしもあなたと同じく『もういいや、この人生、おまえにゆずってやるよ』と思ったよ。いつもは決してそう思わないんだけどね。初めてそう思ったよ。

　わしの体の中に、幽霊たちは家を構える。それは彼らの悲しい人生あるいは美しかった未練のある人生から彼らを永遠に守るお城なんだ。そして彼らは決して出ていきたくないと言う。これまで愛した人、好きだった場所をずっと見ていたい、見ているだけでいいんだってみんな思う。わしもそれはもっともだと思う。叶えてやりたいとも思う。でもやっぱりさ。」

　美鈴は上を見上げた。横顔にまつ毛が影を落とす。

　床に置いたテーブルの上にはみんなが食べたどんぶりが幸せな形に重なっていて、お茶とお漬物とおまんじゅうがいっしょに置いてあって、人々はそれぞれ足を投げ出したりソファにもたれたりしていた。

　天窓には四角い青空がくっきりと見えていた。光がそこから降り注ぎ、部屋全体をふわっと包んでいるようだった。

　その青い四角を、目を細めて美鈴は見つめていた。まるで初めてこの世を見た人のように。

　つられて私たちもなんとなく上を見た。

セクシーな服をきてしゃなりしゃなりと歩かなくても、手入れされていない眉毛でも、マスカラでぴっと立っていないまつ毛でも、私はこのダサくてよく見るときれいな美鈴が好きだった。

美鈴は言った。

「他人の体の中に入って、過去にのみ生きるということ。それは自然の法則に反しているんだ。だから決してできないようになっている。」

私たちは全員、神妙にうなずいた。そうだ、それこそが感じていた違和感の正体なのだ、と私は思った。

「だからわしにもどうにもできない。わしがどう望もうと、遅かれ早かれ彼らは自分の運命に静かに戻っていく。どんな執念よりも、どんな情よりも強いものがある。木が秋に葉を落とし、春にまた芽吹くのと全く同じそのことには誰も逆らえない。わしもまた、その法則の絶対さに守られて、いつも命拾いをしてここに戻ってくることができる。

空とか、宇宙とか、生きる死ぬの生命の法則が、わしがどう望もうと、彼女を天に召した。またいつか、もっと幸せに戻ってくるために。」

皆が帰った後、洗い物をしながら私は母に言った。

「ママってすごいね、結局みんながどんぶりものを食べて、全てがなんとなく丸く収まっちゃうなんて。今回のエピソードにどんぶりがからんでなかったら、どこかすっきりしないし、後味が悪いように思うもの。どんぶりだけが全員を救ってる気がする。」

母は今日のどんぶりの反省点をノートに記していた。みけんにしわを寄せて真剣な顔をしていた。今日の料理の反省点、というふうに料理全般には決して発展していかないところもすごいと思う。

「だから言ったでしょう?」

母はにっこり微笑んだ。そしてこう言った。

「毎日新しいどんぶりを作ることが、そこに没頭することだけが、なぜか私にとってぴんときた道だったのよ。それだけがはっきりと照らされた道。料理そのものではなかった。直感がそう告げてはいなかった。そして毎日まるで同じことをしているようで、少しずつ違う。進歩とかそういうものだけでもない。私の『今の』時間が私のために動いてくれる感触を少しずつ取り戻した。まるで育児をしているときのように。」

主役はこの人だ、一見美鈴や黒美鈴が活躍したように見えるのだが、物語のバックには常にこの人の丼ものがあった。

しみじみとそう思った。

「都築くん亡き今、私の性欲ってどこに行っちゃうんだろうね？　なんで戻ってこなくなっちゃったんだろう？　黒美鈴や墓守くんたちカップルの話が強烈すぎたかな。」

と墓たちそして足の下にいる屍人に向かってつぶやいてみた。

＊

こんもりと生えた常緑樹が丸い影を落としている中に墓が並んでいる様は、まるで大都会のビル群のようなシルエットだった。

星がその上の紺色の空に少しずつ輝き始めている、そんな時間だった。

卒塔婆が鳴る音も最初は怖かったのだが、すっかり慣れてまるで竹でできた風鈴のようにさえ思えてきた。私は小さな塚の上に座りながら、墓場にいる一体の屍人を眺めていた。

ちょっとだけ高いところで何かを考えるのが好きだ。墓守ビング、家の前の遺跡、そしてこの墓地の中の小さな丸い塚。

その塚だけが古い時代からあって取り壊せないままあると住職が言っていたので、江戸時代くらいからあるものなのかもしれない。石は苔むして丸く、東西南北に印があり、文字はかすれてほとんど読めない。ちょうど首までくらいの高さのそれに私はよじ登って、腰かけていた。

屍人たちはそれぞれが仲良く暮らしているのでさえない。きっと彼らは話し合うこともない。寒さも感じない。それでもなぜ見ているだけで哀しみを感じるのかわからない。人型をしているというだけで、切なくてしかたない。

屍人は私の昼ごはんの玉子丼の残りごはんに顔を埋めて、もさもさ黒い影として動いていた。

たまにお供え物を食べたりしているようだというのを墓守くんに聞いて以来、見かけると餌付けしてみるようにしていた。前みたいに急に襲われると恐ろしいからだ。

闇の中にうごめくその姿にもう恐怖はなかった。

風に乗って届く微かな腐臭だけが不快だったけれど、慣れとは恐ろしいものだ。牛小屋の近くにいるくらいの気持ちにしかならなかった。むしろ渡っていく風の爽やかさだけが私を取り巻いていた。

春の夜の甘い勢いが、このところのいろいろな気持ちをどんどん過去に押し流していく。

私は目を閉じて、都築くんのことを考えた。

私は都築くんと黒美鈴のために毎日少しだけ祈ることにしていた。そして、黒美鈴こと泉には先ほど祈りを捧げ終わっていた。

なので今は都築くんの番だった。

「都築くんとは続かない」ってよくベッドの上で笑いあったなあ。

あの無口な彼がそれを言うときだけ声をあげて笑ってくれたのを覚えている。

都築くんは年上のあの奥さんのことを、奥さんとは言っていなかったがよく静かな横顔で語っていた。きれいで静かな人だ、ずっとそばにいてくれると。彼女はほとんどごはんも食べなくて痩せているけど、おつけものと米だけで生きていると。

そのときの都築くんが笑顔だったことが救いだった。

そのときは「無粋なやつだなあ、セックスした後に他の女のことを話すなよ。今はこの世にふたりしかいない、くらいの感じでいたいのに。プライベートを知りたくないんだよ」と心の中で思っていたけれど、今となってはあの笑顔を見ることができてよかったと思う。私といるとき幸せだったかどうかはよくわからないが、私といないときにも、彼には幸せがあったことがわかったのだから。

突然の死の余韻とあいまって、彼の面影全体がまるでつらかった恋のようにかすかに甘く心に残っていた。

笑いあって抱き合って、ちょっと空しい気持ちで夜道を帰るとき、私はいつも「帰ってこだちに会いたいな、もうこだちは帰ってるだろうか？」と思っていた。

愛がないってそういうことだ。

アパートのドアを開けて、こだちの後ろ姿があればほっとしたしすごく嬉しかった。このほっとする感じだけが今のセックスに足りなかったものだなと思ったものだった。都築くんとの間にいつか愛が生まれるかなという希望さえなかった。

しかし人は、愛なんて全く生まれなかったことの思い出さえもこうして心の中で温めることができる。

彼の短い人生の中で、私と過ごしたことが少しでも良きことになっていますように。

いや、きっと良きことだったのだろう。

私のこの若い肉体だってやがて朽ちていくのだから。屍人たちのようにほぼ永遠に動き続けることは決してなく、しわしわになったり、しみができたり。

たまに屍人の死骸を葬ることがある。住職に相談して、共同の塚に埋めるのだ。死んでいるのだからもうそれ以上死ねないはずなのだが、何かがあって壊れたり古くなって機能を停止するのだろう。どういうシステムで動いているのかわからないし知りたくもないのだが。墓場のすみっこにぼろきれみたいになったそれは、遺体でさえない。だから私たちはやりきれない気持ちで穴を掘る。二度死んだものの墓穴を。墓守くんとふたりで汗だくになって。

きっとそうして、彼らもまた一体ずつ減っていくのだろう。歴史がほんとうに秘められていく。カナアマ家の闇もすっかり意味をなくし、今を生きる勇の時代に変わっていく。穴を埋めて手を合わせるとき、なにがしかの祈りが自然と生まれる。それが人間の心だ。屍人を埋めるときにも私たちはそれを決して失わなかった。

都築くんと屍人をいっしょにしてはいけないのだが、同じように私は祈った。彼の天上の安らぎを、もしも来世があるなら、幸せな来世を願った。

若くて傲慢だった私と命にさほど執着がなかった都築くんだからこそいっしょにいられて、そのことはとてもいいことだったのだ、お互いにとって。性欲を解消できるからではなくて、ぬくもりや、恋をしているかもしれないという気分や、この関係はなんだろうと静かに考える夜の空気を豊かに持ったことが。

よし、祈りは終わった。

塚から思い切って飛び降りると、つんとした腐臭が鼻をつくとともに、屍人はささっと道を空けた。

こちらの様子をうかがっている感じはあれど、もう前みたいに襲ってくることはなかった。墓守くんのことも最近は襲わなくなったという。私たちの姿に慣れたのか、なついたのか……。

これでいいんだろうか？　と私は思ったが、なんだかちょっと操ることができているみたいで気分がいいのが自分でも意外で、また見かけたら残りものをあげてみようと思った。

人の記憶って精神だけではなく肉体にも残っているのだなと感じた。

彼らにはもう生命は宿っていないのに、皿になにかが盛ってあれば食べようとする。人や動物を襲って食べることは思いつかないのに、本能はまだそこでうごめいている。

彼らが人を喰らうものでなくてほんとうによかった。街が危機に瀕して勇が生きていられなくなってしまう。

もしそんなことになったら？

私は眉間にしわを寄せてまじめに考えた。

こいつらを墓地の敷地内に閉じ込めて囲い、全員始末するしかない。そんな恐ろしいことにならなくてほんとうによかった。

それに比べたら共存なんてなんてことないという気持ちで、私は臭い匂いのする紙皿を回収して、新聞紙に包んで墓地のゴミ箱に捨てた。

暗い墓地の中、敷石だけがぽんぽんと四角く白く浮き上がっていて、帰り道を示していた。

私には明日がある。汗をかいて墓地を掃除したり、丼ものを配達したり、アイスを売る手伝いをしたり、花束を作ったり。
私はいったいどこまで行くんだろう？　と思った。この奇妙な道を。
何を得て、何を失っていくのか。
得たものには好奇心の光を、失ったものには真実を語る花束を捧げたい。

あとがき

これはもはや、小説というものではないものかもしれない。

主人公の若く幼い思考に合わせているから文法も変だし、構成もおかしい。もはや独自のジャンルのなにかになっちゃってる。

そして、やりたい放題やってるな！　これこそがほんもののカルトだな！　もうだれもついてこれないところまで来ちまったな、と思う。

でもこれが私のほんとうにしたかったことで、するべきだったこと。

わかる人、必要な人には必ず役立つものだ。

これがライフワークっていうものなんだな、三十年も書き続けてやっと少しだけできるようになったことなんだな、あとはこれがいつか優れた監督により美しく面白おかしくアニメ化でもされてくれたら言うことはないな、などと思いながら、読み返していました。

なので、この作品だけでもいい（私や、私の他の作品を好きでなくてもいい）から、大好きになってくれる人がいたらいいなと思います。

地上を生きること、肉体を持っていること、どれも厳しく苦しい要素の大きなことばかり。だから人はそれぞれの夢を見る。そしてことさらに夢が必要な不器用な人たちがいる。その夢が人生を片すみに追いやるのではなく、人生にとっての魔法の杖となるような。

そんな夢を見るための力を、このおかしな人たちがみなさんに与えてくれますように、つらい夜にそっと寄り添ってくれますように。

そんな人に「いいから寝ろよ」とミミちゃんが男らしく言ってくれますように。

体調を崩しながらもしっかりとデザインに取り組んでくださった中島英樹さん、ありがとうございました。ほんとうにありがたく思っています。

今回もすごい考えを見せてくれた原マスミさん。嬉しくてしかたがありません。ありがとうございます。

幻冬舎の石原正康さん、壷井円さん、この取り組みに伴走してくださり、ありがとうございます。


さて、シリーズものの二作目というのは古今東西を問わず、なんとなくつなぎっぽい、気抜けっぽいものが多いのですが、今作もまた例にもれず、少しゆったりした内容になっている。

それでも私はこの作品を一生忘れないと思う。

この作品を書いている間に、三十年来の友だちが部屋で死にかけているのを見つけて救急車に乗せたり、結局十日後に病院で看取ったり（目の前で人が死ぬのを見るのは初めてだった）。

その一週間後に八歳の愛犬が急に死に、一ヶ月後に十八歳のおじいちゃん猫が死に。

夏にはやはり三十年来の、青春を共にした戦友のような友だちさくらももこちゃんが亡くなり。

もう一匹の十七歳のおばあちゃん猫も夏の終わりに死んだ。

イタリアでずっとお世話になっている出版社の、文学界の祖母と思っていたインゲ・フェルトリネリさんもそれからまもなく亡くなってしまった。

これは一体なんなんだ？　というくらいのおびただしい死たちは、明らかにひとつの時代、私の青春を象徴した人たちとの別れを表していた。

ミミちゃんのように、全く違う世界に私もまた入っていくのだ。私自身は決してそのことで損なわれてはいないが、決定的になにかを超えた。必要な体験だし自然なことだとわかっているけれど、やはり気持ちはたいへんだった。

今まさに目の前にいる愛する人たちや、新しくやってきた若い動物たちの活き活きとした様子を見てはまだまだぽかんとしているが、これから始まる時代の風をかすかに感じていて、楽しみでもある。生きているかぎり私はいろんな時代を生きていくんだろうと思うのだ。

ものすごい節目だった。
そこを経てからの第三話「ざしきわらし」をお楽しみに～。

文庫版あとがき

このタイトルは兄貴（丸尾孝俊さん）が、「『どんぶり』ってタイトルよくないか？」と考えてくれたのをちゃんと採用してみたんだけれど、不安定な人たちが右往左往するなか、場面の後ろ側でひたすらまなびお母さんが親子丼を作り続けているイメージこそが、作品を支えているなと思う。

小さな子どもって確かにたいへんだし、いらいらするし、現代ってたいていの場合ワンオペ育児だし、わけのわからない同調圧力のしばりがいっぱいあって、ますます育てにくい世の中だけれど、基本的には人間には小さきものを守り育てる本能があるはず。

様々な圧力に負けて壊れて中身が出てしまい、小さきものを攻撃するようになる、そんな人たちを私は憎み続ける。

穴だらけ、虫だらけのしなびた野菜を「無農薬だ」とか「おいしいから虫がつく」とか言って、ありがたく売ったり買ったりしている人たちがいるけれど、農薬の有無はあまり関係なく、元気で生きしている野菜にはあんまり虫がつかない。そういったことを、自分の目で確かめる人生を生きたい。

リードの歌詞は、初巻と最終巻だけつけるつもりでいたのですが、どうしても内容をおぎないたくて、この次の第三話につけたのです。当初この二話目にはリード部分の歌詞はなかったのですが、そういうわけで、文庫にするときには全巻につけることにしました。なので、涙なしには聞けない名曲「PUPA」の歌詞を、世界中にいる黒美鈴の霊に捧げます。

真夏のような五月の光の中で　　吉本ばなな

この作品は二〇一九年一月小社より刊行されたものです。
JASRAC 出 2005055-001

吹上《ふきあげ》奇《き》譚《たん》
第《だい》二《に》話《わ》　どんぶり

吉《よし》本《もと》ばなな

令和2年9月10日　初版発行

発行人――石原正康
編集人――高部真人
発行所――株式会社幻冬舎
〒151-0051東京都渋谷区千駄ヶ谷4-9-7
電話　03(5411)6222(営業)
　　　03(5411)6211(編集)
　　　振替00120-8-767643
印刷・製本―中央精版印刷株式会社
装丁者――高橋雅之

幻冬舎文庫

ISBN978-4-344-43020-4　C0193　よ-2-35

幻冬舎ホームページアドレス　https://www.gentosha.co.jp/
この本に関するご意見・ご感想をメールでお寄せいただく場合は、
comment@gentosha.co.jpまで。